KB121142

이것이 법이다 186

2024년 6월 21일 초판 1쇄 인쇄
2024년 6월 26일 초판 1쇄 발행

지은이 자카에프
발행인 김관영

기획 박경무 강민구 임동관 조익현 최시준 신정윤
책임편집 최전경
마케팅지원 유형일 장민정

발행처 (주)로크미디어
출판등록 2003년 3월 24일
주소 서울시 마포구 마포대로 45 일진빌딩 6층
Tel (02)3273-5135 **Fax** (02)3273-5134
홈페이지 rokmedia.com **E-mail** rokmedia@empas.com

ⓒ 자카에프, 2015

값 9,000원

ISBN 979-11-408-2124-2 (186권)
ISBN 979-11-255-9575-5 04810 (세트)

이것이 법이다

186

자카예프 장편소설

ROK
MEDIA
로크미디어

CONTENTS

검사 노형진

특검이라는 건 정치인들에게 양날의 검이다.

자기 이름을 알리고 싶은 사람에게는, 그래서 미래에 정치를 하고 싶은 사람에게는 당연히 기회다.

하지만 또 한편으로는 악몽이다. 정치적으로 위험한 대상의 사건을 담당하게 된다면 어떻게 몸부림치지도 못하고 독박을 뒤집어쓰기 때문이다.

실제로 특검이 결정된 뒤에 가장 치열하게 싸우는 순간이 바로 그 특검을 누가 이끌지를 결정할 때다.

보통은 이 정치적 입장 때문에 치열하게 싸운다. 그런데.

"노형진 변호사겠지요?"

"노형진 변호사 말고 누가 있습니까?"

"노 변호사를 생각하고 있겠죠."

3당의 대책위원장들이 모여서 긴 한숨을 쉬었다.

"다른 놈이 해야 하는 거 아닙니까?"

"어허! 민 위원장, 그게 무슨 말이오? 이번 특검 대상이 누군지 몰라서 그래요?"

자유신민당의 최 위원장의 말에 옆에서 대화를 듣고 있던 우리국민당의 박 위원장이 기겁하면서 물었다.

"혹시……?"

"아닙니다. 아니에요, 절대로. 아닙니다. 다만 그…… 너무 파워가 세지 않습니까?"

"그렇긴 하지요."

아직 특검이 시작도 되기 전인데 사실상 답이 나온 상황.

그때, 잠시 생각에 잠겨 있던 민 위원장이 입을 열었다.

"그런데 그게 나쁜 겁니까?"

"끄응, 나쁜 건 아니지만 말이죠. 노형진 변호사라는 사람에 대해 아시지 않습니까? 그 사람은 적당히라는 말을 몰라요."

"그래서요?"

"거, 민 위원장. 우리끼리 툭 까고 말합시다, 어차피 정치적 문제도 아니고. 그 후에 난리 나는 거 커버 가능해요?"

그 물음에 민주수호당의 민 위원장이 떨떠름하게 답했다.

"확실히 그건 그렇지요."

노형진은 확실하게 일할 거다. 그런데 너무 확실하게 일할 거다. 곡소리가 날 테고, 아마도 높은 확률로 정치인들에게 선이 닿아 있는 놈들이 매달리면서 덮어 달라고 요구할 거다.

"그리고 노형진 변호사는 그걸 신경도 안 쓸 겁니다."

"끄응."

분명 이 세 사람은 깨끗하다. 실제로 위원장을 뽑을 때 관련되지 않은 사람을 고르고 골랐다. 그러니 이 세 사람은 문제 될 게 전혀 없다.

하지만 그것과 별개로 이 세 사람에게 들어올 청탁의 수위는 어마어마할 게 뻔했다.

"이걸 거절했어야 했는데……."

"어쩌겠습니까, 이게 폭탄이라는 사실을 알면서도 받아야 하는데."

거절하자니 아직 지명도가 떨어지는 세 사람 입장에서는 이렇게라도 이름을 알려야 했다.

높은 지명도를 받은 사람들은 죄다 폭탄이라는 걸 알아서 거절했기 때문이다.

"확실히 노 변호사라면 적당히라는 게 없기는 한데……."

최 위원장의 말에 박 위원장이 어색하게 말했다.

"그러니까 문제이긴 한데요."

민주수호당의 민 위원장도 떨떠름한 얼굴로 말했다.

"그렇다고 우리가 반대할 수 있겠습니까?"

"무리겠죠."

"그걸 반대한다는 거 자체가 다음 선거에서 배지를 포기한다는 소리예요."

노형진은 아무런 말도 안 했지만, 그리고 누구도 그에 대해 말 안 했지만 언론에서는 이미 노형진이 특검을 이끌게 될 거라는 걸 기정사실화하고 있었다.

그는 변호사이지만 검사들보다 법리 싸움에 능한 데다가 누구보다 송정한의 신임이 두터운 사람이니까.

아니, 사실 신임 문제야 어찌어찌 덮고 넘어갈 수 있다. 국회의원이 대통령의 말을 모두 들어주라는 규칙 같은 건 없으니까.

문제는 노형진이 가진 어마어마한 재산이었다.

특검 위원장이 될 때 재산과 관련하여 가장 곤란한 문제가 바로 회유다. 그리고 그 회유의 핵심은 막대한 돈이다.

당장 주택공사의 불법 문제만 보면 특검 대상이 컨트롤할 수 있는 돈이 수백억에서 조 단위가 될 수도 있는 상황에서 그러한 돈을 이용한 회유는 무시할 수 없는 영역이다.

하지만 노형진은 그게 안 먹힌다. 상대방이 얼마를 가져오든 더 큰돈으로 찍어 누를 수 있는 게 바로 노형진이었다.

"그런 상황에서 우리가 노형진이 특검에 부적격하다고 말해 봐요. 그러면 대중이 뭐라고 하겠습니까?"

떨떠름하게 말하는 민 위원장. 아마 대중은 '저 새끼들 시작하기도 전부터 두둑하게 받아 처먹는다.'라고 욕할 거다.

"그래도 그 노형진도 부동산으로 적지 않은 돈을 벌었다고 알고 있는데요?"

최 위원장이 그래도 혹시나 하는 얼굴로 물었다. 그러자 박 위원장이 입맛을 다셨다.

"저희도 알고 있습니다. 그래서 우리도 그쪽을 한번 파 보기는 했어요."

"그런데요?"

"죄다 10년, 20년씩 쥐고 있던 땅들이에요. 그나마 가장 최근에 쥔 것도 분당이나 일산 신도시 정도인데. 김포 신도시 같은 경우는 아예 14년을 쥐고 있더이다. 14년이면 신도시 계획도 안 나왔을 때인데."

"그런데 그거 농지 아닙니까?"

그 말에 문득 좋은 생각이 난 건지 반색하는 민 위원장.

그 말에 박 위원장은 고개를 흔들었다.

"우리라고 그걸 생각 안 해 봤겠습니까?"

법적으로 농지는 농사를 짓는 사람이 아니면 소유하지 못한다. 실제로 정치인들이 매번 문제가 되는 게 바로 그거다.

그러니 노형진도 그걸 문제가 될지도 모른다는 생각에 우리국민당도 이미 뒤를 캔 상황이었다. 똑같이 송정한 대통령의 지지 세력이지만 노형진과 우리국민당이 같은 편이라고 보기에는 애매하니까.

그랬기에 뭐라도 꼬투리 잡으려고 노력은 해 봤다. '노력은'.

"그런데요?"

"개인이 소유한 게 아니라 농업 법인을 세워서 샀더이다."

"아······."

"그리고 진짜로 농사를 지었어요. 연구소까지 있더군요."

"연구소요?"

"그 뭐더라? 세계평화육종연구소인지 뭔지."

"아아~."

세계평화육종연구소. 그간 종자 기업들이 종자를 통제하기 위해 한 번만 수확하면 다음 세대는 불임이 되도록 처리한 씨앗과 종묘를 팔았는데, 그래서 아프리카같이 가난한 곳에서는 돈을 지원받으면 그걸 다시 씨앗을 사는 데 써야 해서 자립이 불가능했다.

하지만 노형진은 그러한 악순환을 끊어야 한다면서 자체적으로 후세를 볼 수 있는 품종을 개발하려고 했고, 그 덕에 아프리카 등지에서는 이제 다시 쓸 수 있는 씨앗들을 확보해서 외부에서 식량과 씨앗을 구입하는 가격을 아끼고 있었다.

노형진이 코델09바이러스 시기에 막대한 지원을 할 수 있었던 이유도 바로 그것이다. 원래 역사에서는 지원이 불가능했던, 정확하게는 국제적 지원이 멈추면서 아사자가 속출했던 아프리카 빈국들이 자연스럽게 어느 정도 자급하는 데 성공한 덕분에 잉여 농수산물이 남기 시작했고 그걸 싼 가격에 사서 운영했던 것.

"하여간 그건 불법이 아니지 않습니까?"

"끄응, 그건 그렇지요."

농사를 짓는 사람이 아니면 땅을 가질 수가 없다.

하지만 농업 법인은 땅을 가질 수 있으며 기계화 농사를 통해 수익을 창출하는 게 가능하다. 무엇보다 그건 불법이 아니다.

"더군다나 자체 종자 개발이라는 목적도 있으니 원."

즉, 그걸로 꼬투리 잡아서 문제 삼을 수도 없다는 소리다.

"하긴, 노형진이 그렇게 호락호락한 인간은 아니겠죠."

결국 최 위원장은 한숨을 쉬면서 쓰게 웃었다.

"그러면 결국 답이 없는 건가요?"

"추천 인사가 있습니까?"

물론 송정한이 직접 노형진을 입에 담은 건 아니기에 국회 의원이 추천 인사를 올릴 수는 있다.

"없다면 거짓말이겠지만 솔직히 말해서 사회적으로 그 사람이 특검을 제대로 진행할지에 대해서는……."

"역시나 그렇군요."

대부분의 특검 사건들이 국민들의 분노를 자아내지만 이번에는 유독 그게 더 심했다. 다른 것도 아니고 사람이 사는 공간이다. 그런데 소위 말하는 싹쓸이를 통해 땅값을 올리면 아파트 가격도 올라가니 결국 서민들은 갈 곳이 없어진다.

실제로 그로 인해 많은 문제가 터졌다. 더군다나 그것도 부족해서 철근이고 콘크리트고 죄다 빼돌리는 바람에 속칭 순살 아파트를 넘어서 물살 아파트라고 불릴 정도로 심각한 사건이 터졌다.

철근도 철근이지만 일정 강도를 가지고 있어야 하는 콘크리트가 물을 너무 많이 타서 발로 차면 후드득 부서져 내릴 만큼 강도가 약해진 것.

'가난한 자의 죽음은 누구도 책임지지 않는 게 정상이냐?' 라는 송정한의 분노가 틀린 상황이 아니었기에 여기서 장난치면 정치적 문제가 안 터질 리가 없다.

"그리고 말입니다, 송정한 성격 아시죠?"

우리국민당 소속인 박 위원장이 떨떠름하게 말했다.

"송정한 대통령, 만일 특검에서 제대로 안 되었다 싶으면 아마 자기 돈으로 노형진을 따로 고용할 겁니다. 그게 불법도 아니고요."

"큭."

그렇게 되면 노형진은 자신이 가진 모든 것을 이용해서 상대방을 죽일 거다.

"우리 선택지는 두 개예요. 그들과 함께 죽거나 우리라도 함께 살거나."

"선택지라고 보기도 그렇군요."

사실상 선택지는 하나뿐이었다.

"그러면 특검은 노형진이 이끄는 걸로 하지요."

그렇게 결정은 빠르게 진행되었다. 그리고 그 상황에서조차 그들은 다음을 준비하고 있었다.

　"그나저나 이번 사태로 인해 어디 주가가 오를까요?"

　"역시 대룡건설 아닙니까? 대룡건설의 안전에 대한 집착은 미친 수준 아닙니까?"

　"하긴, 방사능 골재 좀 들어갔다고 건물을 통째로 부수는 놈들이니."

　그렇게 그들은 벌써부터 다음에 오를 주식이 어딘지 고민하면서 돈 벌 궁리를 하고 있었다.

⚖️

　주택공사 특검, 노형진으로 결정

　노형진, 모든 것을 투명하게 밝혀낼 것이라 밝혀

　주택공사 내부 인물, 이번 특검은 자신들을 죽이기 위한 정치적 음모라 밝혀

　"뭔 정치적 음모여? 음모가? 지랄하고 자빠졌네."

　임시로 배정받은 특검 사무실 안에서 오광훈은 노형진과 함께 뉴스를 보다가 비웃음으로 가득한 얼굴이 되었다.

　"어이, 노 변호사. 아니, 노 검사라고 불러 줘야 하나? 어떻게 조질겨?"

"노 변호사가 맞아. 특검은 권한을 임시로 인정받은 거지 진짜로 검사는 아니다."

"에헤, 뭐가 그렇게 빡빡해?"

"빡빡한 게 아니라 현시점부터 누군가는 우리를 물어뜯어서 죽이고 싶어 할 거야. 알잖아?"

"그건 그렇지."

오광훈도 안다는 듯 고개를 끄덕거렸다.

"그래서 스타 검사들이 총출동한 거잖아."

특검을 이끌어야 하는 것은 노형진이지만 그 아래서 일해야 하는 사람들도 중요하다.

그리고 그걸 할 수 있는 가장 좋은 사람들은 다름 아닌 스타 검사들이었다. 대중에게 드러나 있고 또한 외부의 압력을 두려워하지 않는 스타 검사들이었기에 이번 사건과 관련해서 최적의 대상이었다.

누군가의 전화를 받으면 전전긍긍하는 게 아니라 일단 전화번호를 까고 그 번호의 주인도 수사 대상으로 올려 버리는 이들이기 때문이다.

"그나저나 어떻게 생각해? 네가 보기에 주택공사가 수사에 협조할 것 같아?"

"절대로 안 하지. 아마 이미 관련 자료를 삭제한다고 방방 뜨고 있을걸."

"확실히 그게 애매해기는 하네."

특검이 정치적으로 강력한 힘을 자랑하는데도 절대다수가 실패하는 이유는 간단했다. 특검이라는 것 자체가 조용히 이루어지는 게 아니라 아주 오랜 시간 진통을 겪는 방식이기 때문이다.

사건이 터지고 특검 요구가 빗발치면 특검을 결정하는 것으로 정치인들이 싸우느라 시간이 소요되는데, 그렇게 특검이 결정되고 나서도 다시 특검을 누가 이끌 것이냐, 기간은 언제까지 할 것이냐로 싸우는 데에 아무리 빨라야 두 달이 걸린다.

이번 사건도 송정한이 먼저 이야기를 꺼내고 사실상 누가 맡을지 답이 정해진 거라 빨리 진행된 거지, 일반적인 상황이었다면 해야 할지 말아야 할지부터 정하느라 개처럼 싸우고 있었을 거다.

"더군다나 이 특검이 되는 이유가 뭔데? 주택공사가 내부 감사를 제대로 안 해서 하는 거잖아?"

"그렇지?"

"그 말인즉슨 아주 벌써 오래전부터 내부에서 삭제하고 있었을 거라는 소리잖아."

"하긴, 그것도 그러네."

"사람들은 특검이라고 하면 막 엄청 으리으리하고 진실을 알아낼 수 있다고 믿는 모양이지만 실상은 그렇지 않은 경우가 대부분이거든. 대부분의 특검은 진실을 찾는 과정이라기보다는 쇼에 가깝지."

실제로 대부분의 특검은 흐지부지되거나 그 결과가 사람들에게 기억되지 못한다. 왜냐하면 중요한 건 특검 그 자체이지 그 결과가 아니기 때문이다.

"특검 자체는 정치적 공격의 성향이 강해. 그래서 사람들은 그 특검 자체가 중요하다고 생각하지."

특검을 해 봐야 거의 대부분은 나오는 게 없다. 대체로 증거를 싹 다 지운 상태니까.

그럼에도 불구하고 걸리는 게 있다? 그건 둘 중 하나다. 실수를 하든가, 아니면 은폐할 수 없을 정도로 어마어마하게 해 처먹었다는 것.

그리고 대부분 후자에 걸린다.

"아마 정치인들이 아주 적극적으로 날 안 막은 이유 중에는 그런 것도 있을걸."

"이미 삭제할 증거는 다 삭제했다?"

"맞아."

그 말에 오광훈은 눈을 찡그렸다.

사실 그도 검사이기에 누구보다 그런 경우가 많다는 걸 안다.

검찰에서 어떤 사건에 대해 떠들기 시작하는 것? 그건 타이밍이 중요하다.

일반적으로 검찰이나 경찰의 사건 수사는 익명성이 중요하다. 사실상 유명무실해지기는 했지만 피의 사실 공표죄가 왜 있겠는가? 아직 죄가 확정되지 않은 사람에게 죄를 뒤집어씌우는 걸 막기 위한 수단도 있지만, 동시에 정보를 흘려서 사전에 범죄 증거를 없애는 걸 막기 위한 목적도 있기 때문이다.

"아니, 잠깐. 그러면 우리가 해도 의미가 없는 거야?"

"그건 아니야. 우리가 어떻게 하느냐에 따라 달라지겠지."

아무리 범죄를 감추려고 노력해도 관련 증거 자체는 지울 수 있지만 모든 걸 완벽하게 지울 수는 없다.

예를 들어 핸드폰을 바꾸거나 해서 통화 내역이나 문자 내역을 지워 버릴 수야 있겠지만 핸드폰 회사 자체에 남아 있는 통화 내역 자체는 지워 버릴 수는 없다. 그건 권한을 넘어서는 영역이니까.

"하지만 그런 건 대포폰 하나면 다 해결되는 거잖아?"

"그렇지."

"그러면 추적이 불가능하다는 거잖아?"

"어허, 왜 이래, 선수끼리. 이건 예시고."

노형진은 빙긋 웃었다.

"진짜 내가 털어 내기 시작하면 못 찾을 것 같아?"

"그건 그렇지."

오광훈은 인정한다는 듯 고개를 끄덕거렸다. 그 말대로 노형진이 털어 내려고만 한다면 털어 낼 수 있을 거다.

검찰의 수사 기법뿐만 아니라 변호사의 수사 기법도 다 알고 있는 게 노형진이다. 그간 그의 승률이 그렇게 높게 유지될 수 있었던 것은 그가 남들이 생각하지 못하는 방식으로 길을 찾기 때문이다. 남들이 모르기에 흔적과 증거가 잔뜩 남을 수밖에 없는 거다.

"그러니까 제대로 해 보자고."

"좋아. 그러면 뭐부터 하면 되는데?"

"일단은 가장 먼저 해야 하는 건 압수 수색이지."

"고전적이네."

"그래, 고전적이지. 그래서 아무것도 없을 테고."

노형진은 아주 당연하다는 듯 말했다. 그 말에 오광훈은 귀를 의심했다.

"아무것도 없을 거라고?"

"너 같으면 뭐, 재건축이나 재개발 정보 같은 걸 줄 때 출력해서 주겠냐?"

"아……."

당연히 출력해서 주지 않는다. 그냥 '어느 지역이 재개발 될 겁니다.'라고만 말할 거다. 그게 어려운 일도 아니니까.

설사 그게 아니라고 해도 그냥 종이에 주소만 옮겨 적어 가도 그만이다. 하물며 보관하려는 목적인데 과연 사무실에서 그걸 출력할까?

상식적으로 그건 말이 안 된다.

"그러고 보니 그러네."

"그런데 왜 압수 수색하면 박스마다 잔뜩 들고 가겠어?"

"흠."

그 물음에 오광훈은 잠깐 고민했다. 그러고는 금방 답을 찾았다. 그도 결국 검사니까. 실제로 그런 일로 인해 한번 시끄러웠던 적도 있고 말이다.

"우리가 일하고 있다는 걸 증명하는 행위?"

"뭐, 비슷해."

사무실을 털면 일단 여러 가지 서류와 증거가 나온다. 그건 부정할 수 없다. 하지만 사건마다 다르지만 대부분의 경우에는 의미가 없거나 아예 엉뚱한 일이다.

실제로 검찰에서 한번 압수 수색을 한다고 박스를 바리바리 싸 들고 나왔는데 뒤에서 사진이 찍히면서 그 안이 비쳐 보인 적이 있었다.

그런데 그 안은 말 그대로 텅텅 비어 있었다.

속에 든 게 아무것도 없는데 마치 열심히 노력한 것처럼 검사들이 빈 박스를 가지고 나오다가 창피를 당한 것.

그리고 그 사건 후로 검찰은 속이 비쳐 보이는 파란색의 플라스틱에서 불투명한 종이로 압수 수색용 박스를 바꿨다.

"그 자체가 켕기는 거지."

한두 번 그 짓을 한 게 아닌데 그렇게 라이트 하나에 꼼수가 드러났으니 그걸 다시 써먹기 위해서라도 멀쩡한 박스들을 바꿀 수밖에 없었던 거다.

"그러면 우리도 압수 수색을 해야 하나?"

"당연히 해야지."

노형진은 어깨를 으쓱하며 말했다. 가 봐야 별 의미가 없다고 생각되지만 압수 수색은 일종의 수사의 개시라는 걸 대중에게 알려 주는 방법이기도 하다.

"그렇지만 압수 수색을 하는 대상이 좀 달라질 거야."

"어떻게?"

"어떻게는 뭔 어떻게야."

노형진은 어깨를 으쓱했다.

"현대는 IT 시대잖아? 후후후."

주택공사의 압수 수색.

초유의 사태는 아니었다. 하지만 그래도 불법 건축물이나 기타 관계와 관련하여 워낙 일이 커졌기에 기자들은 당연히 주택공사 앞으로 몰려들었다.

"도착했다!"

우르르 몰려드는 검사들과 수사관들을 보면서 기자들은 잔뜩 기대한 얼굴이 되었다.

"전원 내려!"

우르르 몰려드는 사람들과 그들을 막는 사람들. 그리고 그걸 불안하게 바라보는 공사 직원들.

"괜찮을까?"

"별문제가 있겠어? 너나 나나 좆도 아는 거 없는데."

"그렇지? 나도 한 10만 평쯤 땅을 살 수 있으면 좋겠는데 말이지."

"지랄을 한다."

그리고 거의 절대다수의 직원들은 그런 모습에 불안감에 웅성거리면서도 딱히 막거나 크게 신경 쓰지는 않았다.

그도 그럴 게 그런 정보에 접근할 수 있는 직원들은 극도로 한정되어 있고 대부분의 직원들은 그런 정보 접근 권한이 없기 때문이다.

"어?"

그런데 거의 매년 압수 수색을 당했던 검찰이 올해는 뭔가 달랐다. 일반적으로 압수 수색할 때 가장 먼저 하는 건 검사들과 수사관들이 들이닥쳐서 사무실에 있는 것들을 닥치는 대로 가져가는 거다.

일에 필요한 거든 일에 필요 없는 거든 일단 닥치는 대로 가져간다. 이면지나 관련 서류들도 가져가고, 그래도 영 분량이 안 되어 보인다, 라고 생각하면 아예 뜯지도 않은 출력 용지 봉투를 뜯어서 양을 채우면서 쇼를 한다.

그랬기에 이번에도 문제가 되자마자 나온 말이 '무조건 분쇄해라. 지금 쓸 거 아니면 무조건 분쇄해 버려.'였다.

실제로 사흘 전 외부 분쇄 업체를 불러서 이 공사 내부의 종이란 종이를 거의 전부 분쇄한 터라 남은 게 거의 백지뿐인 상황이다.

아무리 검찰이라고 해도 외부 분쇄 업체가 갈아 버린 걸로 내부 상황을 알아내기는 불가능했기 때문이다.

"뭐 해? 다들 들어가서 일해!"

"과장님, 이 상황에서 뭔 일을 해요?"

"하긴, 그건 그렇다."

경험상 컴퓨터에 앉아서 로그인이라도 할라치면 자리에서 비키라고 고래고래 소리를 지를 게 뻔하니까.

"그냥 갈 때까지 기다리자고요."

결국 그들이 선택할 수 있는 건 그것뿐이었다. 그래서 다들 무심하게 검사를 바라보았다.

"그런데 이상한데?"

"뭐가요?"

"인원이 딱히 많은 것 같지 않은데?"

"그건 그런데요?"

보통 압수 수색을, 그것도 특검 수준으로 압수 수색할 때면 수백 명씩 동원된다. 물론 오늘 온 사람도 적진 않지만 그래도 그간의 경험에 비하면 너무 작은 숫자였다.

"뭐지?"

"기자들이 오는 걸 몰랐나?"

"그럴 리가."

다들 어리둥절하는 그때, 다른 차량들이 들어오는 게 보였다.

"그럼 그렇지. 저것만 올 리가 없지."

다들 당연하다는 생각에 고개를 끄덕거릴 때 차량에서 내리는 사람들.

그런데 이번에 온 사람들은 그들이 아는 검사나 수사관이 아니었다.

"뭐야?"

"저거 서버 아냐?"

큼지막한 가방을 둘러메고 있는, 누가 봐도 프로그래머인 사람들이 우르르 내리기 시작했다. 심지어 뒤따라온 트럭에서는 엄청난 크기의 서버와 비슷한 걸 내리기 시작했다.

"어, 저거 서버 아닌데?"

"저게 서버가 아니면 뭔데?"

"저거 외부 저장 장치예요."

"네가 그걸 어떻게 알아?"

"제가 서버실에서 근무하는데 모를 리가요."

서버실 근무자는 트럭에 달린 리프트로 내려지는 수십여 개의 커다란 덩치를 묘한 눈빛으로 바라보았다.

"저 형태대로라면 외부 저장 장치가 맞아요. 저 정도 크기면 못해도 200테라급은 되어 보이는데요? 그런데 그게 몇 개야. 하나둘셋…… 여덟 개는 넘어 보이는데. 뒤에 더 들어오는 거 아냐?"

"200테라?"

그 말에 다들 깜짝 놀라는 얼굴이 되는 사람들.

"그게 왜 필요해?"

"뭘 그렇게 놀란 얼굴을 합니까? 요즘 게임 좀 한다는 사람의 개인 컴퓨터의 용량이 2테라는 되는 시대인데."

"아니, 그게 아니라 저걸 왜 가져오는데?"

"글쎄요? 저는…… 잘 모르……. 아니, 하나뿐인가?"

"하나뿐?"

"네, 저 정도면 저희 서버실에 있는 자료를 통째로 떠 가겠는데요?"

"뭐, 그걸 왜?"

"모르죠."

그동안과는 완전히 다른 모습에 다들 뭔가 다르다는 걸 느낄 수 있었다. 그간 익숙하게 보아 오던, 종이만 붙잡고 낑낑거리던 검사들의 모습이 아니었다.

"뭔가 달라."

"그래, 다르네."

그리고 그렇게 공사 직원들 사이에서 슬금슬금 공포가 퍼지기 시작했다.

⚖

"서버실에 있는 거 싹 다 털어요! 싹 다!"

"네!"

"특히 로그인 기록은 싹 다 털어요!"

"알겠습니다, 특검님."

프로그래머들은 외부 저장 장치를 밀고 그대로 서버실로 들이닥쳤다. 그 모습을 보면서 홍보석이 혀를 내둘렀다.

"저도 검사 시절에 압수 수색은 여러 번 했지만 외부 서버를 털어 보는 건 또 첨이네요."

홍보석 검사는 자꾸 들어오는 청탁에 결국 질려서 검사를 그만두고 변호사로 전직한 상태였다. 다만 이번에는 특검이라 도움을 줄 수 있었기에 합류한 것이었다.

"전에는 어땠는데요?"

"뭐, 보통 컴퓨터를 털어 간다고 하면 직원들이 쓰는 하드 정도만 집어 갔죠."

"그럴 거라 생각했습니다."

당연하다. 서버를 통째로 뜯어 가 버리면 일을 못 하니까.

압수 수색 기간이 얼마나 될지 모르는데 국가기관을 그 기간 동안 멈출 수는 없지 않은가?

그렇다 보니 보통 압수 수색을 해도 직원들의 컴퓨터를 압수 수색하는 정도에서 끝이었지, 아예 서버를 통째로 빼 가는 것은 있을 수가 없었다.

그래서 보통 관련 자료가 필요하면 검찰에서 해당 기관에 자료를 요청해 종이로 출력받아 제출한다.

당연히 그걸 조작할 수도 있고 그걸 믿을 수도 없었다. 그랬기에 노형진은 다르게 생각했다.

'그런데 빼 갈 수 없으면 복제하면 그만 아닌가?'

어차피 저장 장치에 있는 걸 빼 가는 건 보안 승인만 받으면 되는 일이라 어렵지 않다.

물론 그걸 분석하는 건 오래 걸리겠지만 아무리 오래 걸려도 그걸 출력한 종이를 비교해 가면서 이리저리 종이를 헤집는 것보다는 훨씬 빠르다.

일단 서버나 외장 하드에 담긴 자료는 종이와 다르게 바로 검색해서 비교할 수 있기 때문이다.

실제로 그런 검색 기능을 막기 위해 수작질을 부리는 놈들이 한두 놈이 아니다.

당장 게임 회사들도 게임 내부에 확률을 고지하라고 하니까 검색을 막기 위해 텍스트나 엑셀이 아닌 이미지 파일로 출력해서 고지하는 꼼수를 썼다.

'내가 그에 당해 줄 이유는 없지.'

분명히 영장에는 '주택공사 내부의 전자 기기를 포함하여'라는 문구가 있었다. 뭐, 법원에서는 기껏해야 직원들이나 대표 개인 컴퓨터나 압수 수색할 거라고 생각했겠지만 노형진은 그렇게 호락호락한 사람이 아니었다.

"닥치는 대로 담아! 닥치는 대로!"

그리고 한쪽에서는 수사관이 서류를 닥치는 대로 담고 있었다. 하지만 애석하게도 서류는 그렇게 많지 않았다.

'애초에 서류가 많은 게 이상한 거지.'

공공기관에서 전자 결재 시스템이 완성된 게 벌써 몇 년 전인데 그렇게 서류가 넘치겠는가?

아니나 다를까, 한 층을 싹 다 털었음에도 불구하고 나온 서류는 몇 박스 되지 않았다.

"이거…… 아무래도 양이 부족한데?"

수사관 중 한 명이 주변을 보다가 떨떠름한 표정으로 노형진에게 다가왔다.

"특검님, 그…… 양 좀 늘릴까요?"

"양을 왜 늘려요?"

"그, 박스 좀 분산하고 그 빈 종이도 좀 넣고……."

"뭘 그렇게 귀찮게 합니까? 나온 것만 가져가세요."

"네? 하지만……."

"분량이 작으면 작은 대로 수사하면 되는 겁니다. 우리는 수사하는 거지, 조작하는 게 아닙니다."

"네."

결국 그 수사관은 어쩔 수 없다는 듯 입맛을 다시면서 얼마 되지 않는 자료들을 정리하기 시작했다. 그리고 그사이 몇몇 사람들은 컴퓨터 안에서 하드를 뜯어내기는 했다. 하지만 그럼에도 불구하고 딱히 양이 많지는 않았다.

"서두르세요. 시간 없으니까."

"네? 서두르라고요?"

보통은 가능하면 최대한 오래 있으면서 일한다는 느낌을 주려고 뭉그적거리는 게 검찰의 압수 수색이다. 그래서 아침 9시에 가서 저녁 4시나 5시쯤 나오기도 한다.

하지만 노형진은 그럴 이유가 없다는 걸 누구보다 잘 안다.

애초에 이런 공공기관을 압수 수색할 때는 분류하지 않고 닥치는 대로 담는다. 그러니 그렇게 걸릴 이유가 없다.

"당연한 거 아닙니까? 이거 특검이에요, 특검! 법적으로 기한이 정해져 있는 수사란 말입니다. 검찰처럼 규정을 어기고 차일피일 질질 끌 수 있는 게 아니란 말입니다."

대통령이 한 번 연장할 수야 있지만 어찌 되었건 검찰처럼 사건을 뭉개면서 계속 수사하는 것은 불가능하다.

"우리가 반나절을 뭉개면 그만큼 범죄자들이 도망가는 겁니다. 싹 다 담고 바로 빼내요!"

"네."

"알겠습니다."

노형진이 서두르자 그간과는 다른 상황에 어리둥절하면서 다급하게 싹 다 털어 내는 사람들.

그러자 한 층을 싹 다 털어 내는 데 걸린 시간은 세 시간도 걸리지 않았다.

"가져갑시다."

"벌써요?"

"왜요? 여기서 뭐, 밥이라도 시켜 드시게요? 구내식당이라도 쓰시려고요?"

"아닙니다."

"그…… 특검님. 서버실에서 시간이 좀 더 걸릴 거라는데요?"

"그쪽에는 사람을 붙여서 별도로 챙겨 오라고 하시고요. 우리는 가져갑시다."

노형진의 말에 사람들은 너도나도 짐을 밖으로 나르기 시작했다.

문을 나서자 사방에서 기자들의 질문이 쇄도했다.

"증거가 나왔습니까?"

"정확한 증거가 있나요?"

'그걸 질문이라고…….'

고작 세 시간 만에 그렇게 결정적인 증거가 나온다면 얼마나 좋겠냐마는 그럴 리가 없다는 걸 알면서도 일단 막 던지는 기자들.

그걸 보면서 노형진은 속으로 입맛을 다셨다. 그런데 그 순간 누군가가 딱 노형진이 원하는 질문을 던졌다.

"너무 빨리 나온 거 아닙니까? 고작 세 시간 만에 나온 건데요? 분량도 얼마 되지 않는 것 같은데요?"

보통 이런 곳에서 압수 수색할 때는 1톤 트럭을 가득가득 채울 정도로 서류가 나오는데, 이번에는 가득은커녕 반의반도 못 채울 것 같아 보였기 때문이다.

그리고 노형진은 무심하게 지나가면서 다른 질문은 싹 무시한 채로 해당 질문에만 대답했다.

"얼마나 깔끔하게 삭제했는지 남은 게 없더라고요."

"네?"

"이미 관련 자료의 대다수는 지워 버렸던데요? 증거가 나올지 모르겠습니다. 아주 이 악물고 증거가 될 만한 건 싹 다 지웠더라고요."

"그 말이 사실입니까?"

하지만 노형진은 대답하지 않고 그저 스쳐 지나가듯 빠져나왔다. 그리고 기자들은 노형진의 말을 재빠르게 기사화하기 시작했다.

⚖

주택공사, 모든 증거는 이미 삭제한 상태?

노형진 특검, 증거 삭제의 흔적 찾아

홍보석과 오광훈은 그걸 보면서 입맛을 다셨다.

"이게 틀린 말은 아닌데 말이지."

"아 다르고 어 다르다는 게 이런 거지."

노형진은 피식 웃으며 말했다.

"확실히 그러네요."

기존에는 검찰이나 특검이 자기들이 일한다는 걸 증명하기 위해 고의적으로 분량을 늘리거나 시간을 끌었다.

"그건 전형적인 공무원 마인드거든요. 하지만 저는 공무원이 아니죠."

누가 욕한다? 어차피 특검을 한 시점에 누군가는 욕을 한다. 설사 이번 일이 대다수 국민을 위해 하는 일이라고 해도 그중 일부는 욕하는 게 당연한 거다.

"그러니까 차라리 그 죄를 뒤집어씌우자 이거구나?"

"맞아."

얼마나 깔끔하게 정리했는지 남은 게 없다는 것.

그게 노형진이 기자들에게 한 말이었으니 그걸 기자들이 '이미 증거를 인멸했다.'라는 식으로 보도하는 게 당연한 일이었다.

"그리고 그 상황에서 날 욕할 사람은 없지."

"그건 그런데요. 그래도 실제로 나온 게 별로 없잖아요?"

가져온 서류 자체가 그다지 많지 않기 때문에 그걸 검토하는 건 어려운 일이 아니었다.

물론 그렇다고 해도 밤새도록 하는 수준이기는 했지만 전처럼 막 오륙일씩 걸리지는 않았다. 노형진이 말한 '시간이 아깝다'는 것은 단순히 현장에서 뭉그적거리는 게 아니라 그런 시간이 포함된 거니까 노형진은 딱 봐도 문제가 없으면 일단 넘기라고 했다.

"이미 문제가 될 만한 건 싹 다 날렸겠지."

그럼에도 불구하고 주택공사에 서류가 남았다?

그 말은 아주 높은 확률로 그게 문제가 될 게 없거나 도리어 주택공사에 유리한 상황이라는 뜻이다.

"그러니까 이제 우리는 다른 사람을 소환해야지."

"분쇄 업자 말이죠?"

"맞습니다. 이미 확인이 끝났으니까요."

주택공사는 사흘 전에 분쇄 차량을 불러서 어마어마한 분량의 서류를 갈아 버렸다. 그리고 그걸 복구할 방법은 없다.

워낙 미세하게 갈아 버리는 데다가 갈려 버린 것도 바로 섞어 버리고 그렇게 분쇄된 건 바로 가져가서 태워 버리기 때문이다.

"정치적 행동이라 이건가?"

"그래, 이건 정치적 싸움이야. 그런 면에서 그 분쇄 자체도 정치적 행동이라고 보면 그만이지."

"하지만 그게 과연 정치적 행동일까요? 제 경험상……."

홍보석이 뭐라고 하려고 하자 노형진이 그런 그녀의 말을 끊으며 말했다.

"그렇죠. 압니다, 뭔가 문제가 될 것 같다 싶으면 죄다 갈아 버리는 거."

"네, 맞아요."

기업도 그리고 공공기관도 뭔가 자기들이 안 좋은 구설수에 올라갔다 싶으면, 특히 영장이라도 나올 가능성이 조금이라도 있으면 가장 먼저 하는 일이 바로 파쇄차를 불러서 있는 서류를 닥치는 대로 갈아 버리는 거다.

　"네, 맞습니다. 그게 상식이죠."

　"그렇죠?"

　"하지만 그게 우리 법률가들의 상식이지 대중의 상식은 아니잖습니까?"

　"그 말씀은?"

　"우리가 수사하기 위해서는 일단 주택공사가 찍소리도 못하게 만들어야 합니다. 그리고 그 방법이 바로 증거의 인멸이죠."

　"아하!"

　증거인멸을 증명한다는 것은 아주 중요한 요소다. 왜냐하면 증거인멸의 가능성을 확실하게 확보한다고 하면 구속영장이 생각보다 쉽게 나오기 때문이다.

　단순히 서류를 분쇄하는 것에 그치지 않고 그 행위를 통해 고의적으로 증거를 인멸했다는 주장을 통과시켜야 한다.

　"심리적으로 보면 구속영장이라는 게 주는 압박은 어마어마하거든."

　"그건 그렇지."

　"그리고 사람들은 말이야, 구속영장이 많이 청구된다고

생각하면 의외로 코너에 몰리는 경향이 있지."

"네? 그게 무슨 말씀이세요?"

"간단하게 말씀드려서 이런 거죠."

구속은 처벌이 아니다. 하지만 사람들의 절대다수는 구속을 일종의 처벌의 연장선에 있다고 생각한다.

물론 처벌받게 되면 구속 기간은 처벌받는 것으로 감안해서 그만큼 빼 주기는 하지만 엄밀하게 말하면 처벌이 아니다.

"그런데 구속이 늘어나면 어떻게 보일까요?"

"대중은 우리가 일을 엄청 잘하고 있다고 생각하겠네요."

"맞습니다."

어설프게 빈 박스를 들고 가고 증거가 없는 걸 있는 것처럼 행동할 필요가 없다.

명확하게 보이는 실적. 그 실적만 보여 주면 사람들의 지지는 자연스럽에 이쪽으로 올 수밖에 없다.

"아마 저쪽에서 분쇄 업자를 우리가 부를 거라고는 생각 못 하겠지."

지금까지 수많은 수색와 조사가 이루어졌고 그때마다 분쇄 업자를 불러 닥치는 대로 분쇄해서 혹시 모를 꼬투리를 막았다.

"하긴 그걸 막기는 해야 했어요."

검찰이 억울한 피해자를 만들어 내는 것도 문제지만 범죄자가 자기 죄를 감추는 것을 도와주는 것도 문제다.

"물론 분쇄 업자는 모르겠지만 말이지."

중요한 건 분쇄 업자가 증거인멸에 동원되었다는 거다. 그리고 그 책임 소재를 확실하게 하는 것이 중요했다.

"아마 이야기를 들어 보면 답이 나오겠지, 후후후."

책임지는 건 누구?

세상에는 수많은 분쇄 업자들이 있다. 그리고 그들은 내용에 대해 전혀 모른다. 그저 서류를 내주면 그걸 분쇄할 뿐이다.

애초에 엄청난 양의 서류를 분쇄하는 과정은 엄청나게 바쁘기에 그 서류를 보거나 내용을 검토하는 것은 불가능하다.

당연하게도 갑자기 소환된 분쇄 업자는 억울하고 미칠 것 같았다.

"저는 모른다니까요. 애초에 저는 보안 분쇄업이 직업이라고요."

보안 분쇄업이라는 말답게 모든 서류는 보아서는 안 되고 빼돌려서도 안 된다.

"그리고 애초에 분쇄할 때 작은 종이를 한 장씩 갈아 넣는 것도 아니란 말입니다."

그런 분쇄 업자들은 커다란 차량에 전문 분쇄 장비를 가지고 다니면서 일한다. 그 파워는 이런 시중에서 쓰는 작은 분쇄 장비랑 비교도 못 한다.

그래서 분쇄할 때 그냥 한 장씩 하는 게 아니라 그냥 통째로 한 권을 집어넣는다. 그리고 충분히 분쇄한다.

작은 스테이플러 심도 한꺼번에 분쇄하기에 뜯어낼 필요조차도 없었다.

"자, 너무 억울해하지 마시고."

오광훈은 방방 뜨는 분쇄 업자를 진정시켰다.

"기소하는 게 아닙니다. 우리가 사실을 모르는 게 아니니까."

"끄응."

"몇 가지만 확인하려는 겁니다."

"저…… 진짜로 아무것도……."

"아니, 내용 확인이 아니라 말입니다, 보통 분쇄업을 얼마나 자주 부릅니까?"

"저요?"

"네."

"보통 6개월에 한 번 부르죠."

"그러면 주택공사 분쇄업은 본인이 하시는 거 맞죠?"

"저, 정당하게 입찰 딴 겁니다."

혹시나 자신에게 뭔가 뒤집어씌울까 봐 펄쩍 뛰는 분쇄 업자.

"아니, 알죠. 입찰 기록 확인했습니다. 문제없다는 것도 확인했고요."

온갖 범죄를 저지르고 정보를 빼돌렸으면서 정작 그건 또 깔끔하게 처리한 덕분에 문제 삼을 게 없었다.

"그런데요?"

"다만 확인이라니까요. 그래서, 6개월에 한 번입니까?"

"네."

"그러면 이번에 온 건 얼마 만입니까?"

"그…… 한 달 만에요."

"한 달이라……."

한 달 전에 분쇄했는데 벌써 분쇄가 필요할 만큼 서류가 쌓일 리가 없다. 하지만 그것만 확인하는 게 아니었다.

"그 전에는요?"

"네?"

"그 전에 말입니다."

"그…… 두 달 전이던가?"

"그러니까 한 달 전에 한 번, 그리고 그 이전에는 두 달 전에 한 번이라는 거죠?"

"네."

"그러면 최근 6개월 사이에 세 번 왔다는 거네요?"

"네, 그런데 그거 불법 아닙니다. 저는 그냥 외부 하청이라고요."

"알아요, 압니다."

오광훈은 그렇게 말하면서도 싱글벙글 웃었다.

'그것만 해도 충분하지.'

이 시간에 대해 확인하라고 한 건 노형진이었다. 왜냐하면 이 특검 이전에 이미 내부 감사가 한 번 있었기 때문이다.

그런데 이번에 특검을 하는 걸 알고 분쇄하는 놈들이 내부 감사를 과연 그냥 넘어갔을까? 그럴 리가 없다.

'그리고 두 달 전이면 딱 내부 감사 직전이란 말이지.'

현시점 기준으로 석 달 전. 그 시점이 주택공사의 내부 감사가 결정된 시점이다.

"그러면 정기 분쇄에서 한 달 있다가 한 번 더 분쇄했고 그리고 두 달 지나서 또 한 번 분쇄했다 이 말씀이죠?"

"네."

"서류가 많던가요?"

"네, 많던데요."

"평소에도 그렇게 많았습니까?"

"아뇨. 평소보다 더 많았어요."

"언제가요?"

"이번이 더요."

"그렇군요."

정기 분쇄에서 분쇄하는 건 일반적으로 보관 기간이 지난 행정 서류들이다. 그런 서류들은 거의 고정적인 분량이 나오는 게 대부분이다.

그런데 정기 분쇄를 한 지 얼마 되지 않아서 분쇄량이 늘었다?

그 말은 문제가 될 만한 서류들을 모조리 분쇄했을 가능성이 컸다는 거다. 일단 내부 감사라지만 그래도 어디까지 커질지 모를 테니까.

'그리고 특검에 들어가기 직전에 다시 한번 분쇄했단 말이지.'

그 말은 아예 최소한의 가능성만 있어도, 아니 행정상 필요한 서류가 아니라면 무조건 분쇄했다는 소리다.

뭐가 되든 특검에 넘겨주지 않겠다는 확고한 의지인 셈.

"그러면 그렇게 분쇄된 종이는 어떻게 합니까?"

"모두 소각 처리합니다. 저희 그거 어디다 섣불리 안 버립니다. 그 소각장에 입고해서 싹 다 태워요. 확인해 보세요. 저희 서류도 드릴 수 있습니다."

"믿습니다. 너무 그렇게 펄쩍 뛰지 마세요. 처벌하려고 하는 게 아닙니다."

"하지만……."

출석할 때 달라붙는 기자들을 본 그 분쇄 업자는 혹시나 자신이 엮여서 끌려 들어갈까 봐 벌벌 떨고 있었다.

"모르고 하신 거잖아요. 참고인일 뿐이니까 너무 신경 쓰지 마세요."

"후우~ 알겠습니다."

"그러면 그 당시에 누가 불렀습니까?"

"네?"

"그 분쇄를 결정해서 누군가가 연락할 거 아닙니까?"

"어…… 그거 원생운 과장님이죠?"

"아, 그분이 전담해서 부르나요?"

"네."

"감사합니다."

필요한 건 딱 거기까지였다. 애초에 그는 분쇄 업자는 아는 게 없다는 걸 아니까. 하지만 그 두 번이라는 분쇄는 많은 의미를 담고 있었다.

특검은 정치적인 수사라는 노형진의 말처럼 작은 수사 내용 하나하나가 바로 바로 대중에게 공개되었다.

물론 모든 걸 다 공개할 필요는 없지만 최소한 뭘 어떻게 공개할 것인지 결정하는 건 노형진이었다.

그리고 노형진은 그것과 관련해서 절묘하게 함정을 파고 있었다.

"어떻게 생각하세요?"

홍보석은 눈앞에 있는 남자를 바라보며 물었다.

"원생운 과장님, 이 기사들에 대해 한 말씀 해 보시죠."

"에…… 그…… 저희가 아주 부정기적이기는 하지만 아예 부정기적으로 부른 게 없는 건 아니고……."

"아아~ 알죠. 그런데 단 몇 달 사이에서 두 번은 되게 특수한 경우거든요."

홍보석은 다 안다는 듯 피식 웃으며 말했다.

"추가적으로 부른다고 해도 이렇게 양이 많은 게 아니고요."

가령 특정 기간에 특정 신도시 입주 등의 문제가 있다면 그 당시에 서류가 폭증하는데, 그러고 나면 당연히 보관 기간이 한꺼번에 들이닥친다. 그리고 그런 경우에는 6개월이라는 기간을 지킬 이유도 없다.

그래서 그런 경우는 종종 추가로 분쇄하기도 한다.

하지만 그것도 어느 정도지, 갑자기 이렇게 닥치는 대로 분쇄하는 경우는 없다.

더군다나 분쇄한 지 한 달 만에 또 분쇄 업자를 부른다?

"이미 확인해 봤습니다. 그 시기에 보관 기간이 종료되는 서류가 그렇게 많지 않더군요. 그런데 왜 그렇게 많은 서류를 분쇄했다는 건지 모르겠네요?"

"어…… 그……."

원생운 과장은 손이 부들부들 떨렸다. 설마 이것도 문제 삼을 줄은 몰랐기 때문이다.

지금까지 단 한 번도 문제 삼은 적이 없는 일이었기 때문에 그의 입장에서 이건 날벼락이나 다름없었다.

"서류가 많아서…… 그 보관 공간도 부족하고…… ."

애써 변명하는 원생운 과장. 하지만 그런 그를 홍보석이 안타깝다는 얼굴로 바라보았다.

"과장님, 내일 저녁 8시 뉴스에 과장님 이름을 그대로 올려 드릴까요?"

"아니…… 저는…… ."

"이거 증거인멸 행위입니다. 그것도 두 번이나 하셨어요."

두 번이나 증거인멸을 시도했다. 이거 생각보다 심각한 문제다.

"누가 시켰어요?"

과연 그걸 고작 과장급이 시켰을까? 그것도 자기 명의로 땅을 산 게 하나도 없는 사람이?

그럴 리가 없다. 누군가가 시켰다는 뜻이다.

그리고 그건 아주아주 높은 확률로 높은 지급을 가진, 그것도 부당하게 정보를 이용해서 이득을 챙긴 놈일 가능성이 크다.

"…… ."

그 말에 원생운은 눈을 질끈 감았다. 그러고는 입을 꾸욱 다물었다. 이걸 입에 담는 순간 자기 인생이 끝날 거라는 걸 알기 때문이다.

그리고 그런 원생운을 보면서 홍보석이 안타깝다는 듯 말했다.

"진짜 안타깝네요."

"뭐가 말입니까?"

"그나마 살 수 있는 기회를 드렸는데도 못 잡으시니까요."

"⋯⋯."

"뭐, 마음대로 생각하세요."

홍보석은 자리에서 일어났다. 아예 기대도 안 했다는 듯한 눈치였다.

"어차피 당신은 끝났으니까."

비릿한 얼굴로 원생운 과장을 바라보는 홍보석.

그리고 그날 저녁 8시 뉴스에는 충격적인 뉴스가 나왔다.

주택공사, 두 번이나 분쇄 업자를 불러서 수십 톤 단위의 증거인멸

주택공사, 부정기적으로 두 번이나 분쇄 업자를 불러서 서류들 일괄 처리

정기 분쇄는 6개월에 한 번. 그런데 추가적인 두 번은 과연 무엇?

-첫 번째 분쇄는 내부 감사 직전, 두 번째 분쇄는 특검 직전. 이게 우연일까?

검찰 조사 결과, 해당 분쇄 서류 내부에 피해자 명단이 있는 것으로 밝혀져

증거인멸을 한 모 과장, 구속영장 청구

분쇄 자체는 문제가 안 된다. 그러나 분쇄된 물건이 뭔지

아무도 모른다는 건 문제가 된다.

　그게 뭔지는 검찰도 공식적으로는 모르고 심지어 주택공사도 공식적으로는 '모른다.' 또는 '업무 관련 서류들이다.'라고 할 수밖에 없다.

　"그리고 그걸 뭐라고 부르든 그건 우리 마음이지."

　"네 마음이 아니고?"

　"그렇게 볼 수도 있고."

　노형진은 피식거리면서 웃었다.

　"어찌 되었건 마냥 틀린 말은 아니잖아?"

　"그건 그래."

　'서류를 분쇄했다.'라고 하는 것과 '증거가 분쇄되었다.'라고 말하는 것은 결국 입장의 차이일 뿐이다. 그리고 특검 입장에서는 '증거가 분쇄되었다.'라고 주장해도 주택공사 입장에서는 아니라고 하기도 애매하다.

　"하지만 이해가 안 가는 게 있어요."

　"어떤 거요?"

　홍보석은 그런 노형진의 말에 뭔가 말이 안 된다는 듯 뉴스 중 하나를 지적했다.

　"이거 말이에요. 피해자 명단이 같이 사라졌다, 라는 건데."

　"그래서요?"

　"그런 건 없잖아요?"

　애초에 피해자 명단이라는 게 없는 상황이다. 그런데 어떻게 피해자 명단이 사라진단 말인가?

"아아~."

노형진은 그 말에 피식 웃었다.

"피해자를 누구로 보느냐에 따라 달라지는 거죠."

"피해자를 누구로 보느냐?"

"음...... 예를 들어 말입니다, 땅을 싹쓸이해서 비싼 값에 팔아먹고 거기에 신도시를 지었다고 칩시다. 그러면 그 사건에서 피해자는 누구겠습니까?"

"그거야 국가라고 봐야겠지요. 거기에 입주하는 사람들이 가격을 모르고 들어가진 않으니까."

일단 가격이 오른 건 둘째 치고 그걸 몰랐다면 모를까, 알고 들어갔다면 피해자라고 보기는 애매하다.

억울해도 그건 어쩔 수가 없다.

"맞습니다. 그걸로 본다면 정부가 피해자겠죠. 아니, 애매하죠. 저쪽에서는 분명히 피해자가 없다고 주장할 겁니다. 실제로 매번 그렇게 주장해 왔고요."

신도시를 만들 때의 비용을 정부에서 내지만 그렇다고 해서 그걸 벌충 안 하는 건 아니다. 그걸 대중에게 판매함으로써 수익을 내기에 피해자라고 보기에는 애매하다.

그리고 그걸 비싸게 산 입주민들도 가격을 모르고 들어온 게 아니라 이미 가격을 알고 들어왔기에 피해자라고 보기에는 애매하다.

결과적으로 주택공사에서 정보를 빼돌린 놈들은 수천억의 차익을 실현했지만 누구도 피해자의 자격을 갖추지 못한다.

"물론 그렇죠. 그런데 우리가 조사하는 게 단순히 정보 빼돌린 것만이던가요?"

"네?"

"우리 조사 내용 중에는 부실 공사도 있습니다."

"그렇죠."

순살을 넘어서 물살 수준의 건물들. 건축하자마자 D등급이라는 재건축이 필요한 수준의 등급이 나오는 건물들.

"하지만 거기에 피해자 명단이 있다고요?"

"있죠. 보관 기간이 지나면 입주자 명단은 분쇄하잖습니까?"

"그게 당연한 거잖아요, 서류라는 게?"

말을 하던 홍보석은 미묘하고 복잡한 얼굴이 되었다.

"어…… 그러니까…….'"

"네, 모든 신청서는 서류 작성이 기본입니다."

그나마 최근에는 전자화되었지만 보관 기간이 도래할 정도로 오래전의 과거에 작성된 서류들은 종이로 서류를 작성하는 게 기본이었다. 분양 신청서나 입주 신청서 같은 거 말이다.

그리고 그게 시간이 지났으니까 법적으로는 분쇄해야 한다. 단순히 자료로써의 기록이 중요한 게 아니라 그런 엄청난 양의 자료를 보관하기 위한 공간 확보가 쉬운 게 아니기 때문이다.

"그리고 이 짓이 하루 이틀 사이에 벌어질 일은 아니지 않습니까?"

철근 빼돌리고 콘크리트에 물 타기 같은 일은 갑자기 확 늘어나는 게 아니다.

심지어 이번 조사에 따르면 철근의 70%가 빠졌다.

상식적으로 처음부터 70%를 뺄 리가 없으니 조금씩 빼서 팔아먹었는데 문제가 안 되니까 확 양을 늘렸다고 봐야 한다.

"과거에도 그랬다는 거군요."

"맞습니다. 설사 아니라고 해도 그렇게 의심할 만하죠."

그리고 그렇게 의심하는 시점에서 입주민들을 피해자라고 부르기에 충분한 조건을 가진다.

"피해자이지만 피해자가 아니다……."

보관 기간이 지나서 폐기했다고 주장할지도 모르지만 일단 특검 입장에서는 피해자의 명단을 분쇄한 건 맞다.

"하지만 아무리 그래도 그건 전산에 남아 있을 텐데?"

종이야 물리적으로 보관도 힘들고, 그래서 보관 기간이 길지 않지만 전산상에는 분명 남아 있을 거다.

그리고 자신들은 이미 주택공사의 서버에 있는 자료들을 통째로 떠 왔다. 물론 개발 관련 자료가 들어 있다 보니 극도의 보안 속에서 정해진 사람들만 접근할 수 있지만 어찌 되었건 그 안에 전산상으로 남아 있는 명단이 있을 거다.

"상관있나?"

"상관이 없다고?"

"내가 분쇄했다고 했지 삭제했다고는 안 했잖아?"

분쇄란 물리적으로 형태를 없애 버리는 행위. 그에 비해 삭제는 전산상으로 뭔가를 지우는 행위도 포함된다.

"그리고 현실적으로 검찰이 수사를 통해 범인들이 없애 버렸다고 믿는 증거를 찾아내는 게 불법은 아니잖아?"

"아하, 그런 의미라 이거네?"

"그런 의미지."

범죄자들은 증거를 삭제했지만 특검을 통해 다른 곳에 보관되고 있던 자료를 찾았다고 발표하면 그만이다.

물론 주택공사 입장에서는 미치고 환장할 노릇이다.

아마도 그들은 최소한 그걸 규정대로 삭제했을 테니까.

'하지만 똑같은 거라고, 미운 놈은 미워 보이는 법이지.'

잘하던 놈이 규정대로 하는 것과 이미 밉보일 대로 밉보인 놈이 규정대로 하는 것은 완전히 다르게 보인다.

가령 모 애니메이션의 악역의 경우 해당 애니만 보면 주인공 못 잡아먹어서 안달 난 악역으로 보이지만 그 당시의 규칙을 기준으로 판단해 보면 그는 정확하게 규칙대로 한 선인일 뿐이다.

도리어 주인공이 그 규칙을 죄다 어기고 다니는 악역이다.

이처럼 똑같은 행동도 어느 쪽에 서느냐에 따라 완전히 느

낌이 달라지는 게 사실이다.

'그러니 아주 똥줄 좀 탈 거다.'

아무리 죽어라 '우리는 규정대로 했습니다.'라고 외쳐 봐야 '그렇게 규정 좋아하는 놈들이 왜 집은 규정대로 안 짓냐? 가난한 사람들은 죄다 죽이는 게 규칙이냐?' 소리밖에 더 듣지 않겠는가?

"확실히 주택공사가 완전히 코너에 몰리겠는데?"

"그렇지."

"그런데 수사는 완전히 다른 문제잖아?"

일단 지금 있는 일만으로도 충분히 사회적 지지를 받아 낼 수는 있다. 하지만 진짜로 죄를 밝혀내는 것은 전혀 다른 문제다.

"그러니까 이제 조져야지."

"누구를?"

"책임자를."

"하지만 책임자들이 뭔가 했다는 증거가 없는데요?"

홍보석은 뭔가 걱정스러운 얼굴로 말했다.

"아, 제가 말하는 책임자는 말입니다. 높은 분들이 아닙니다."

"네? 높은 분들이 아니라고요?"

"모든 일에는 책임지는 사람이 있기 마련이죠. 하다못해 백화점에 가 보면 화장실조차도 청소에 정과 부가 따로 있지 않습니까?"

"그렇죠."

"그러니까 그걸로 물고 늘어져야지요."

"누구를요?"

"전부를 말입니다."

"전부를요?"

"네, 전부를 말입니다."

노형진은 잔인한 미소를 지으며 말했다.

"내가 안 했으니까 그만이라고 생각하는 사람들한테 그만이 아니라는 걸 알려 줘야지요, 후후후."

⚖️

노형진은 다른 검찰과 다르게 서버의 데이터를 통째로 가져왔다.

물론 개발 관련된 중요 정보가 있기에 예민했던 것도 사실이지만 거기에 접근할 수가 없다면 수사가 불가능하기에 우기고 우겨서 그걸 받아 왔다.

그리고 노형진은 그걸 미끼로 삼았다.

"동치수 씨, 작년 5월에 신도시 개발에 접근 기록이 있던데요?"

"제 업무가 원래 그겁니다. 저는 신도시를 개발하는 부서라고요."

동치수는 침을 꿀꺽 삼키면서 덜덜 떨며 말했다. 고작 과장급인 자신을 특검이 소환했다는 사실에 아무리 죄가 없다지만 떨릴 수밖에 없었다.

더군다나 최근에 터진 사회적인 이미지는 아예 주택공사라는 조직이 범죄 조직 수준으로 격하된 상황이라 더더욱 꼼짝 못 할 수밖에 없었다.

"정확하게 업무가 어떻게 되시나요?"

"신도시 구획 설계입니다."

"그러면 그 신도시에서 어디가 핵심 상권인지 아시겠네요?"

"그거야……."

당연히 안다. 모를 수가 없다. 자신 같은 도시 설계자는 모든 걸 감안해야 한다. 그러지 않으면 도시 인프라가 개판이 되어 버리기 때문이다.

한쪽은 도시 인프라가 부족해서 난리고 다른 한쪽은 도시 인프라가 과잉해서 난리면 시끄러울 수밖에 없다.

단순히 시설이 좋아서 몰리는 게 아니라 주변의 주거 상태 해당 지역의 접근성, 해당 지역의 주차 가능 대수 등등 온갖 계산을 해야 하니 해당 자료에 접근 안 할 수가 없다.

"그거야 그런데, 저는 진짜 하늘에 맹세코 그걸 흘린 적이 없습니다. 가족들뿐만 아니라 누구에게도요."

최소한 양심적으로 일한 동치수였다. 그랬기에 자신이 걸리는 건 없다고 확신했다.

'하지만 코에 걸면 코걸이 귀에 걸면 귀걸이라는 말이 괜히 생긴 말이 아니지.'

하지만 노형진은 다르게 생각했다.

물론 그런 수사 기법이 좋은 건 아니다. 하지만 그게 현실이고 그것과 싸워야 하는 게 변호사다.

그런데 그런 방식과 싸우는데 그걸 쓸 줄 모른다면 변호사로서 실력이 부족한 거다.

"그런데 왜 자료는 삭제한 겁니까?"

"네."

"그렇지 않습니까? 마음에 걸리는 행동 안 하셨다면서요? 그런데 증거를 싹 다 지웠더군요."

"무슨 소리예요, 제가 증거를 지우다니?"

"이보세요. 여기 보세요, 여기. 기록을 보면 동치수 씨가 수사 직전에 특정 지역에 대한 자료를 출력한 기록이 남아 있잖아요!"

전산상에는 당연히 로그인 기록이 남는다. 그리고 그걸 출력한 경우 당연히 출력 기록도 남는다.

"그거야 그렇죠. 업무상 출력한 거니까."

"그런데 이번에 압수 수색한 전산 기록에는 아무것도 나온 게 없습니다."

"네?"

"이 기록대로라면 당신 자리에서 이 자료가 출력된 기록이 있어야 한단 말이죠."

"그거야……."

그 말에 동치수는 할 말을 잃어버렸다. 확실히 그런 지적이 틀린 게 아니니까.

그런 서류들은 모두 예민한 서류들이다. 그리고 그런 서류들은 모두 철저하게 관리되어야 한다.

그래서 한 번 보고 버릴 서류가 아니라 업무상 계속 필요하다면 출력해서 자신의 자리에 두고 철저하게 관리해야 한다.

매일 들어가서 로그인하고 매일 출력할 수는 없으니까.

"업무상 해당 기록을 출력하는 거? 이해합니다. 그렇게 해서 보관하고 일하는 거? 가능하지요. 그런데 말입니다, 그것과 별개로 지금 자료가 없잖아요! 자료가!"

작년부터 지금까지 줄기차게 접속해서 계속해서 출력했다. 하지만 그게 어디로 갔는지 알 수가 없다.

오래된 건 그렇다고 치더라도 바로 전날에 했던 업무 관련 서류는 남아 있어야 한다. 그런데 당연히 있어야 하는 그 서류가 없다?

"그거 빼돌린 거 아닙니까?"

"아닙니다!"

"그러면 그게 다 어디로 갔느냐고요!"

"그거……."

입을 열던 동치수는 외통수라는 걸 깨달았다.

물론 자신이 그걸 빼돌리거나 한 건 아니다. 하지만 그는 머리가 좋은 사람이었다. 그랬기에 지금 노형진이 노리는 사람이 누군지 바로 알아차릴 수밖에 없었다.

"그게…… 말입니다."

"거참, 말 못 하죠. 내 이럴 줄 알았다니까."

노형진은 피식하고 비웃음을 날리면서 자리에서 일어났다.

"어이, 오 검사. 구속영장 하나 청구해. 하나 잡았네."

"네, 노형진 특검님."

그 말에 동치수는 다급하게 매달렸다. 자신이 뒈지게 생겼으니까.

"다 분쇄하라고 위에서 시켰습니다!"

"다 시켰다고요?"

"네, 위에서 하나도 남기지 말고 싹 다 분쇄하라고 시켰습니다!"

"누가요?"

"그게…….""

"거짓말을 하려면 똑바로 해야지요."

"선 이사입니다, 선 이사."

"선 이사? 당신이 그걸 어떻게 알아요? 고작 과장급이."

"저희 부장님이 그랬습니다."

부장이 와서 지시했단다.

행정 서류상에 아주 꼭 필요한 서류가 아니면 모조리 분쇄하라고. 이면지 한 장 남기지 말라고.

"그걸 어떻게 믿어요?"

"와, 미치겠네. 진짜라고요. 다른 사람들에게 물어보세요. 선 이사가 시켰다고요! 선 이사가!"

"교차 검증해 볼 겁니다."

"제발 해 주세요! 저한테만 그런 게 아니라 대놓고 사무실에서 이면지 하나 남기지 말고 싹 다 분쇄하라고 했단 말입니다!"

얼마나 억울한지 동치수는 가슴을 마구 두들겼다.

물론 직감적으로 이들이 노리는 게 선 이사, 아니 그 위의 누군가라는 걸 알 수 있었다. 하지만 알 게 뭔가? 자신이 죽게 생겼는데.

"그거 진술서에 쓰실 수 있습니까?"

"그게⋯⋯."

"선택하세요. 참고인이 될 것인가, 아니면 피의자가 될 것인가."

그 말에 동치수는 고개를 끄덕거렸다.

"자필로 써야 합니까?"

⚖️

노형진의 함정은 완벽하게 작동했다.

서류를 갈아엎은 것은 누구인가? 증거를 삭제하라고 한 것은 누구인가? 사실 답은 뻔했다.

"그 책임지는 관리자라는 게 그런 의미였는 줄은 몰랐는데?"

"자기 소관이면 결국 자기 책임인 거지 뭘, 후후후."

모든 사람들은 책임이 있다. 설사 일개 사원이라고 할지라도 업무와 관련된 모든 서류를 수령하고 그걸 관리할 책임은 피할 수 없다.

그런데 시스템 특성상 모든 서류와 기록은 전산화되어 있기에 그걸 출력한 기록도 남아 있다.

"그런데 그게 없으면 그때는 골 때리는 거지."

이걸 외부로 빼돌렸는지, 아니면 분쇄했는지, 이면지로 썼는지 알 수가 없다.

"더군다나 분쇄했다고 해도 말이지, 그게 진짜로 분쇄된 건지, 아니면 중간에 빼돌린 건지 책임 문제가 진짜 애매하단 말이지."

"그런데 회사가 보통 그렇게 빡빡하게 굴러가는 편은 아니잖아?"

"아니지. 그런데 수사잖아."

"하긴 그것도 그러네."

회사 내부에서 업무를 보는 게 아니라 수사 과정에서 책임 요소를 확실하게 해야 하는 과정이다. 그렇다면 그 서류를 어떻게 처리했는지부터 확실하게 해야 한다.

문제는 자기가 그걸 분쇄했다는 증거가 없다는 것. 자기가 직접 서류를 분쇄기에 넣은 게 아니니까.

결과적으로 그걸 명령한 사람이 시키는 대로 했다고 말할 수밖에 없다.

"노 변호사님은 애초부터 그걸 노리신 거군요."

"네, 맞습니다."

노형진의 말에 오광훈은 고개를 갸웃했다.

"높은 사람들이 정보를 빼돌렸다는 증거는 없잖아? 아니 그걸 떠나서 그 뭐냐, 철근이나 자재를 빼돌렸다는 증거도 없고."

노형진은 그런 오광훈의 말에 혀를 끌끌 차면서 말했다.

"물론 그렇겠지. 하지만 말이야, 이 핵심에는 비리가 한둘이 아니잖아. 네가 말하는 비리는 꼬리 자르기용으로 저쪽에서 내려온 거고."

"응?"

"네가 받은 게 그 자체 감사 기준이니까 그걸 자꾸 신경 쓰는 모양인데, 너도 알잖아. 자체 감사 기준에서 제물로 내놨다는 것 자체가 딱 꼬리 자르기용이라는 거."

"그렇지?"

"그러면 상위에서는 어떻게 하겠어?"

"글쎄?"

"애초에 설계에서부터 장난친다고."

'실제로도 그렇고 말이지.'

지금은 아직 알려지지 않았지만 나중에 아예 설계 자격도 없는 놈들이 깝죽거리면서 설계했다는 사실이 드러났다.

그리고 그렇게 설계한 놈들이 그 설계안을 통과시킬 방법은 단 하나뿐이다.

바로 전관.

그들은 전관을 이용해서 그걸 통과시켰고, 당연히 제대로 된 설계가 아니니 파이프가 새고 물이 새고 바람이 새고 건물의 하중이 뒤틀리는 거다.

"아래는 건들지 않고요?"

"사실 아래는 잡기 쉽습니다. 그건 시간이 지나도 추적이 쉬워요. 하지만 위는 아니죠. 아시잖습니까? 왜 먹잇감으로 순살이니 뭐니 하는 걸 던져 주겠습니까?"

그렇게 함으로써 결과적으로 사람들의 시선이 그쪽으로 쏠리게 하는 것이 그들의 목적이다.

"그러니까 우리는 보이지 않는 것부터 잡아야지."

일단 설계부터 때려잡으면서 아래로 내려가면 그다음부터는 아주 편하다.

"설계는 특검이 아니면 때려잡지 못해. 하지만 뭐, 순살이니 물 타기니 하는 걸 검찰에서 수사 못 하는 건 아니잖아?"

"아아~."

그런 건 증명하는 게 어렵지 않다. 하지만 설계의 경우는 전문가를 동원해야 하고 그 분석도 맡겨야 한다.

"확실히 검찰은 전문가를 동원 안 하죠."

그 말에 홍보석이 인정한다는 듯 고개를 끄덕걸다.

"맞습니다. 그들은 절대로 자기들의 결정권을 남에게 넘기지 않습니다."

내가 틀렸다고 했는데 전문가가 맞는 거라고 한다?

그러면 그건 전문가가 틀린 거고 검사가 맞는 거다.

반대로 내가 맞다고 하는데 전문가 아니라고 한다? 그러면 그 전문가가 틀린 거다.

"화가가 자기 그림이 아니라고 증언해도 소송해서 화가의 그림이라고 판결 내리는 나라가 대한민국입니다."

과연 그 전문가들을 불러서 설계도를 분석시킬까? 그럴 리가 없다.

"더군다나 그런 경우라면 도리어 너무 위험해지고요."

"하긴 그건 그러네요."

그 정도로 사건을 파기 시작하면 무슨 수를 써서라도 어떻게든 사건을 덮으려고 할 테고, 그간 검찰의 특성상 그걸 받아서 두둑하게 챙길 가능성이 높다.

그때는 돈을 받아 챙기는 집단이 한 집단에서 두 집단으로 늘어날 뿐이지, 결과적으로 가난한 사람들이 언제 무너질지 모르는 건물에 사는 것은 변하지 않는 사실이 된다.

"그러니가 일단은 설계부터 손대야지요."

"설마 설계까지 손을 댄다고?"

그 말을 들은 오광훈은 어이없다는 듯 물었다. 그가 아무리 전생에 무식쟁이 조폭이었고 건축 지식이 전혀 없다지만 설계가 얼마나 중요한지 모르지는 않는다.

"그래."

"설마."

"설마가 아니야."

'실제로도 그랬으니까.'

설계가 문제가 된 건 건물이 무너져 사람이 죽고 난 뒤였다. 그 이전까지만 해도 '에이, 설마 사람이 설계에까지 손대겠어?'라는 분위기였다.

실제로 인터넷에서 누군가가 '요즘 건물 올리는 거 다 빼돌려서 개판'이라고 글을 쓰자 자칭 종사자라는 놈들이 헛소문 유포하지 말라고 물어뜯으며 난리를 피웠다. 그러나 건물이 무너지고 나서는 모조리 도망갔다.

즉, 그들은 진짜로 그런 일이 없는 게 아니라 자기 밥그릇 상할까 봐 내부 고발자의 입을 닥치게 하고 싶었던 거다.

'원래 역사에서도 얼마나 개판인데.'

애초에 설계 사무소가 무허가가 아니라고 해도 끝이 아니다.

일단 설계가 들어오면 주택공사에서 30%를 '이거 없어도 된다.'라고 판단하고 잘라 버린다. 그리고 현장에서 '그래도 30%쯤 해 먹어도 되겠지?'라며 또 잘라 버린다. 그리고 현장에서 다시 한 10%쯤을 '이거 해 처먹어도 되겠지?'라며 잘라 먹어 버린다.

결과적으로 그렇게 해서 70%가 빠져 버리는 거다.

'그것도 처음에는 문제가 안 되었지, 아마.'

처음에는 건물이 무너졌을 때는 설마 그 정도로 개판일 거라고는 생각도 못 했다. 하지만 몇 달간 조사한 결과는 그거였다.

심지어 그렇게 닥치는 대로 재료를 빼돌리고 설계를 변경했지만 그중에 단 한 명도 건축 관련 전문가가 없었다는 것이 문제였다.

당연하게도 마음대로 설계를 변경했으니 제대로 된 하중이 나올 리가 없었다.

"그렇게까지 한다고?"

"그래."

"하지만 그걸 어떻게 증명하려고요?"

"어떻게 하기요. 이건 관리 책임의 문제라니까요."

"관리 책임이요?"

"네, 이거 설계도를 누가 만들어서 올리겠습니까?"

"당연히 설계 사무소죠."

"그렇죠. 그러면 거기에 물어보면 될 거 아닙니까?"

"물어본다 한들 대답 안 해 줄걸."

오광훈의 말에 노형진이 피식 웃었다.

"아니, 왜 질문을 해?"

"응?"

"때려야지."

"때려?"

"검사잖아? 검사가 가장 잘하는 게 뭔데?"

"때리는 척하는 거?"

"정답, 후후후."

모든 건물은 다 설계하게 되어 있다. 그리고 그렇게 만들어진 설계는 모두 다 보관하게끔 되어 있다.

법이 그렇게 되어 있다.

그리고 이런 아파트 같은 곳도 결국 그 설계에 대한 책임은 그들이 지게 되어 있다.

'그런데 단 한 번도 설계 사무소가 주택공사나 건설사를 고소한 적이 없단 말이지.'

왜 그럴까? 당연하다. 건설사를 고소하면 회사가 망하니까.

그렇기에 건설사가 뭔 짓을 해도, 설계를 변경해도 찍소리도 못 한 거다.

'하지만 그렇다고 해서 책임이 없는 건 아니지.'

노형진은 섬광건축설계라는 곳으로 사람들을 데리고 들이

닥쳤다.

"당신들 누구야! 어!"

당연히 거기에서 일하던 사람들은 자리에서 일어나 그들이 들어오려는 걸 막았다.

물론 사람들이 그들이 누군지 몰라서 막는 건 아니었다. 도리어 누구인지 너무 잘 알기에 막는 것이었다.

"여기 보안 시설이야!"

"여기 영장입니다. 비키세요!"

"여기 보안 시설이라니까! 누구 마음대로 비키라는 거야."

입구에서 옥신각신하는 모습에 노형진은 혀를 끌끌 찼다. 그리고 옆에 있던 오광훈에게 물었다.

"보통 저러냐?"

"뭐, 당장 때려잡지는 못하니까 잠깐은 그렇게 하지. 하지만 보통 저렇게 극렬하게 반항하진 않지."

"역시나 그러네."

노형진은 피식 웃었다.

"어떻게? 강제로 밀고 들어갈까요?"

홍보석은 뭔가 마음에 안 든다는 듯 눈을 찡그렸다.

그럴 수밖에 없다. 분명히 자신들의 아래서 일하는 사람들이다. 그런데 자신들의 눈에는 뭔가 미흡하게 보인다.

"어떻게 생각해?"

"우리한테만 전화하라는 법은 없지."

노형진과 오광훈같이 철저하게 수사하는 사람도 있지만 분명 이 특검 내부에도 적지 않은 숫자의 사람들에게 압박을 넣고 있을 테고 일부는 정보를 빼돌리거나 그들을 위해 일할 거다.

실제로 지금도 마찬가지. 아무리 평소 오광훈과 홍보석과 일하지 않는 특검의 수사관들이라지만 티격태격하면서도 절대로 강제 돌입은 안 하고 있다.

고압적인 검찰청 출신의 조사관이 저렇게 말로만 다툰다? 그것도 서슬 퍼런 특검 소속이? 당연히 뭔가 있다는 소리다.

"강제 돌입시키는 게 나을까요?"

"아니에요. 그냥 두세요."

"네?"

홍보석은 다그치려고 하다가 노형진의 말에 흠칫했다.

"아니 왜요? 전에는 몰아붙이라고 하셨잖아요?"

"그거야 상황에 따라 다른 거죠. 지금 저렇게 막고 있다면 내부에서는 무슨 일이 벌어지고 있겠습니까?"

"글쎄요?"

"당연히 여기저기에 전화를 돌리고 있지 않겠습니까?"

"그거야 당연한 거죠. 그래서 걱정하는 거잖아요, 이러다 무마될까 봐."

"누가 누굴 무마시켜요?"

노형진은 코웃음을 쳤다. 그렇게 쉽게 무마시키는 건 불가능하다.

"저는 역으로 그놈들을 엮으려고 기다리는 겁니다."

"엮는다고요?"

"과연 우리가 이렇게 밀어붙이는 상황에서 다급하게 하는 전화가 그냥 친한 사람에게 하는 안부 전화일까요?"

"아하!"

당연히 이 상황을 막을 수 있는 누군가에게 전화하는 것일 거다.

"사람은 물에 빠지면 지푸라기라도 잡고 싶은 게 당연한 겁니다."

최악의 경우, 그래서 이러다 자기가 망할 것 같다 싶은 경우 그걸 막아 줄 수 있는 사람들에게 전화하는 게 사람의 속성이다.

'그리고 대부분의 특검은 그걸 알면서도 모른 척하지.'

누구에게 전화했는지, 그리고 어떤 내용을 주고받았는지 모른 척한다. 워낙 다급하게 전화해서 전화기를 감추거나 하는 것은 불가능하고 그 번호만 추적하면 뒷배경에 누가 있는지 알아내는 건 어려운 일도 아니다.

하지만 단 한 번도 특검에서 뒷배경에 대해 조사한 적이 없다. 왜냐하면 적당히 실적만 쌓으면서 꼬리 자르기를 해도 자기들이 할 일은 다 한 거니까.

도리어 그렇게 뒷배경을 건드리면 자기 커리어가 나중에

꼬이다 보니까 건드리지 않는 거다.

"하지만 저야 뭐, 커리어 신경 쓸 일이 있습니까?"

"하긴 그건 그러네요."

노형진이 커리어를 걱정할 게 아니라 노형진의 눈에 들어온 놈이 커리어를 걱정해야 하는 판국이다.

"그러니까 시간을 좀 주자고요."

시간을 줄수록 그들은 신나게 사방팔방에 전화할 거다.

"그런데 증거인멸 하면 어쩌려고?"

노형진은 그 말에 코웃음을 쳤다.

"뭐가 있겠냐? 특검은 뭐, 영장 청구 안 해?"

"하긴 그러네요."

특검은 영장 청구를 안 할 수 있는 무소불위의 권력을 가진 조직이 아니다. 공정성이라는 명목하에 검사가 아닌 사람에게 검사의 권한을 주는 거다.

당연히 검사가 하는 방식에 따라 수사해야 한다.

"그리고 지난번에 거기 털었을 때 뭐가 나오디?"

"나온 거 없었지."

이미 주택공사를 압수 수색했지만 거의 모든 서류를 지우거나 해서 죄를 증명할 수 있는 서류는 거의 남아 있는 게 없었다.

"그래, 그렇지."

노형진은 고개를 끄덕거리면서 말했다.

"그런데 여기에 잘도 있겠다."

"하긴."

애초에 섬광건축설계는 제대로 된 건축설계사가 없는 곳이다. 당연하게도 그 건축설계에 관련해서는 어떠한 권한도 없는 놈들이다. 그런 놈들이 과연 제대로 된 설계를 했겠는가?

당연하게도 모든 자료를 삭제하고 모르쇠로 일관할 거다.

"그리고 그걸 노리는 거고."

"응, 그걸 노린다고?"

"그래, 자료가 없다는 건 근거가 없다는 말이거든."

그들은 아마도 죄가 없어지는 것에 더 집중하고 있겠지만 사실 그보다 더 무서운 건 근거가 없다는 거다.

"과거랑 다르다는 걸 그들은 모를 거야, 후후후."

⚖

노형진이 아무런 말도 하지 않자 수사관들은 무려 네 시간을 옥신각신하면서 들어가지 않고 시간을 끌었다.

물론 노형진은 그들을 이미 의심하고 있었기에 하나하나 기억해 두고 있었다. 저들이 분명 사주를 받았을 테니 그 뒤를 캐 보면 누구든 나올 테니까 말이다.

'멍청하긴. 자기들이 수사하면서 자기들이 수사 대상이 될 거라는 생각은 안 하다니. 하긴 검찰이니까.'

검찰은 내부에서 팔이 안으로 아주 심하게 굽는 편이니 설마 자기들이 수사 대상이 될 거라는 걸 전혀 모르고 있을 거다. 하지만 노형진은 검사 권한을 받은 거지 검사가 아니다.

'자, 그러면 이제 슬슬 들어가 볼까?'

노형진이 아무런 말도 하지 않고 뒤에서 구경만 하고 있자 도리어 경계하는 눈치이기도 하고 이제 슬슬 통화할 놈들은 다 통화했을 테니까.

그럼에도 불구하고 노형진이나 오광훈 같은 특검에게 전화가 오지 않는 이유는 간단하다. 그들이 전화해서 지랄해 봐야 먹히지도 않을 테고 도리어 자기가 드러날 거라 생각하기 때문이다.

"뭐 합니까? 연행하세요."

"네?"

"연행하시라고요! 지금 영장 집행을 방해하고 있지 않습니까? 이거 명백하게 공무집행방해입니다만?"

"아…… 알겠습니다."

검사들은 그 말에 다급하게 수갑을 꺼내서 입구를 막고 농성하던 놈들을 연행하기 시작했다. 그리고 의외로 그들은 저항하지 않고 순순히 연행에 응했다.

'자기들이 할 일은 다 했다고 생각하겠지.'

아마 도리어 '왜 이렇게 오래 모른 척했나?' 하는 생각도 하고 있을 거다.

"들어갑시다."

노형진은 다른 검사들과 사람들을 데리고 안으로 들어갔다. 그리고 안쪽으로 들어가 힐끔 분쇄기를 보았다.

"흠, 역시나."

"왜요?"

"보세요."

노형진의 말에 홍보석이 다가와서 그쪽을 바라보았다.

"이게 왜요?"

"안쪽이 텅 비었죠?"

"네, 그런데 그게 문제인가요?"

"문제죠. 우린 네 시간 만에 들어왔습니다."

만일 급하게 치우거나 할 게 있었다면 이 분쇄기 안은 파지로 꽉꽉 차 있어야 한다. 그런데 하나도 없다?

"분쇄할 필요가 없다는 거죠."

"아하!"

즉, 모든 걸 미리 치워 둔 상태라는 거다.

"좋습니다. 뭐, 예상했던 일이네요."

딱히 놀랍지도, 그렇다고 충격적이지도 않았다. 그랬기에 노형진은 컴퓨터로 다가가 작동시켰다.

컴퓨터는 아주 멀쩡하게 잘 돌아갔다. 하지만 컴퓨터에 보이는 건 아주 기본적인 화면뿐이었다. 물론 업무와 관련해서 프로그램 몇 개가 깔려 있었지만 그와 관련된 파일은 하나도 없었다.

"역시나 이미 지웠군요."

"지웠다라……. 지운 게 아닐걸요."

"네?"

"지운 게 아닐 거라고요. 어떤 놈들인데요."

진짜 전문적으로 삭제 프로그램을 쓴 게 아니라면 현대 기술로 지워 버린 파일을 살려 내는 것은 어려운 일이 아니다.

그렇기 때문에 뭔가 지워 버려야 할 때는 아예 하드 자체를 교체해 버린다. 아예 하드 자체가 새거라면 복구할 것 자체가 없기 때문이다.

"그러면 이건 가져가도 의미가 없는 건데요?"

노형진의 말에 홍보석이 떨떠름하게 말했다.

"아뇨. 쓸모 있습니다."

"쓸모?"

"여기 설계 사무소입니다."

"그렇죠?"

"그리고 여기 캐드를 비롯해 여러 가지 보이시죠?"

"네, 그렇죠?"

건축할 때 있어서 요즘은 과거처럼 설계도를 선으로 긋는 시대가 아니다. 당연히 전문 프로그램을 써서 빠르게 진행한다.

"그런데 이게 과연 합법 프로그램일까요, 아니면 불법 프로그램일까요?"

"네?"

"우리는 이걸 외통수라고 합니다, 후후후."

노형진의 말을, 홍보석은 아직은 이해하지 못한 얼굴이었다.

"보시면 압니다. 검사가 아닌 변호사의 수사를 보여 드리죠, 후후후."

변호사의 수사

노형진은 일단 그걸 증거로 가져왔다.

물론 증거로써 아무런 효과도, 심지어 제출할 것도 없었다. 그러나 그렇다고 해서 못 써먹을 것도 아니었다.

"그러니까 해당 기업이나 소속 노동자의 이름으로 사용이 승인된 코드 번호가 없다 이 말씀이죠?"

"네, 저희 리빌러는 그런 걸 승인한 적이 없습니다."

리빌러. 건축 업계에서 가장 유명한 건축설계 프로그램이다. 전 세계에의 95%에서 쓰는 프로그램인 만큼 가장 유명하다.

'그리고 그만큼 더럽게 비싸지.'

소위 캐드라고 하는 설계 지원 프로그램의 가격만 해도

100만 원 내외다. 그런데 캐드는 설계 지원 프로그램이지 건축에 특화된 프로그램은 아니다.

당연히 제대로 된 건축 프로그램도 존재하는데 그게 바로 리빌러다.

'그거 하나에 가격이 1,200만 원이지, 아마?'

무슨 프로그램이 왜 그렇게 비싸냐고 누군가는 욕할지 모른다. 하지만 프로그램이 정교할수록, 그리고 특수 목적용으로 만들어져서 판매량에 한계가 있을수록 가격이 비쌀 수밖에 없다.

리빌러는 애초에 건축 하나만으로 만들어진 프로그램이고, 건축할 때는 온갖 정보와 가능성을 감안해야 한다.

풍향에서부터 하중에 토질, 심지어 그 지역의 기후까지.

그렇다 보니 프로그램 하나당 가격이 1,200만 원이다. 그 것도 한 시스템당 말이다.

그래서 그 프로그램을 진짜 쓰는 건설 회사들조차도 그걸 모든 컴퓨터에 설치하지는 않는다. 진짜로 그걸 써야 하는 전문 건축설계사의 컴퓨터에만 설치한다.

그런데 섬광건축설계에 들어갔을 때 그곳에 있는 컴퓨터 쉰 대에는 일괄적으로 같은 프로그램이 깔려 있었다.

'안 봐도 뻔하지.'

그건 불법 프로그램일 수밖에 없다. 다만 한 대 한 대 구분해서 깔기에는 시간이 오래 걸리니까 모든 컴퓨터에 한꺼번에 깔아 버린 것뿐이다.

"그런데 이 말이 사실입니까?"

"네, 사실입니다."

"쉰 개라…… 하."

1,200만 원짜리 프로그램이 쉰 개면 6억이다. 그런데 과연 그놈들이 돈 주고 샀을까?

'그리고 그 문제에 대해 리빌러는 아주 단호하게 대응할 수밖에 없지.'

리빌러 같은 특수 프로그램은 누군가가 몰래 쓰면 그걸 추적을 안 할 수가 없다. 왜냐하면 그랬다가는 자기들이 망하니까. 다수가 쓰는 거라 규모의 경제가 있는 것도 아니고 소수의 프로그램이니까.

"그러면 이걸 썼다는 기록도 없고 구입했다는 기록도 없다는 거죠."

"네, 없습니다."

"알겠습니다."

어차피 리빌러는 참고인 수준으로 찾아온 것이기에 그들을 취조할 이유는 없다.

'물론 리빌러는 전혀 생각이 다르겠지만.'

아마도 돌아가는 순간 바로 변호사 사서 소송을 준비할 거다.

"그러면 이만 가셔도 됩니다."

리빌러의 직원이 돌아가자 오광훈이 노형진에게 다가왔다.

"와, 치사한 새끼. 진짜 조지는 구나?"

"그러면 조져야지. 그래서, 계약서는 찾았어?"

"당연히 못 찾았지. 남은 게 하나도 없던데?"

"병신인가?"

현장에 있어야 할 자료가 없었다. 서류도, 프로그램도, 심지어 스크린샷이나 스캔한 것도.

노형진은 그 안에서 건축설계 과정에서의 계약서를 찾아보라고 했다. 하지만 계약서가 남아 있을 리 없었다. 증거를 없앤다고 싹 다 지워 버렸을 테니까.

"그 공사 측은?"

"주택공사 측도 마찬가지야. 주택공사 측 기록에도 섬광건축설계와 관련된 자료는 없더라고."

"그냥 없애면 그만이라고 생각한 모양이네?"

"그런 듯?"

그런데 아무리 작은 설계라고 해도 계약서가 있는 건 너무 당연한 일이다. 그런데 그게 없다? 그러면 심각한 문제가 된다. 일정 규모 이상이면 무조건 계약서가 있어야 한다.

구두계약? 그건 불법이다.

설사 구두계약이라고 해도 문제가 된다. 왜냐하면 구두라는 것은 누군가가 입으로 '이거 너희가 해.'라고 지시해야 한다는 소리니까.

문제는 아예 계약서라면 그 책임을 나눠 지는 역할도 한다는 것이다. 사원부터 사장까지 하나하나 올라가면서 그걸 검토하고 그에 관련된 승인을 했다는 소리니까.

그런데 이 구두계약은 그게 아니다. 누군가가 '너희가 해.'라고 지시하는 시점에서 그가 책임져야 한다.

"구두계약이라니 미친 거 아냐? 21세기인데?"

오광훈은 구두계약이 가능하다는 말에 기가 막혔다.

아파트를 짓는다는 것, 그리고 신도시를 짓는다는 것은 수백억에서 수조 원이 들어가는 거대한 산업이다. 그리고 그 가장 기본이 바로 설계도다. 그런데 그런 설계도를 구두 계약을 한다?

"물론 전부는 아니겠지."

사실 수백 수천 채의 건물을 구두계약을 하지는 않을 거다. 그러나 그중에서 한두 개만 빼돌려도 그 안에서 해 처먹을 수 있는 돈은 100억은 될 거다.

"자, 이제 누가 해 처먹었는지 알아볼 시간이네, 후후후."

⚖️

섬광건축설계에는 설계사가 있었다. 정확하게는 딱 한 명 있었다. 아무리 그래도 설계사 없이 일을 받기는 눈치가 보였는지 딱 한 명 고용하기는 했다.

그런데 그 설계사의 나이가 문제였다.

"나이 90 먹고 감옥 가고 싶어요? 지금 감옥에 가면 죽어서 나올 겁니다."

오광훈은 설계사를 보면서 어이없다는 듯 말했다.

"뭐, 이 나이 먹고 두려울 게 뭐가 있겠습니까? 내일 죽어도 이상할 게 없는 나이인데요, 허허허."

"허허허? 웃음이 나옵니까?"

"제 실수인데 어쩌겠습니까? 책임져야지."

설계사 설총강. 섬광건축설계의 유일한 설계사. 그런데 나이가 90이 넘었다. 그렇다 보니까 답이 없었다.

'아니, 환장하겠네.'

설계사 자격증에 정년 같은 건 없으니 자격증은 살아 있다.

문제는 그는 아주 오래전에 활동하는 사람이라는 거다. 리빌더는커녕 캐드도 쓸 줄 모르는 사람이 현대의 건축물을 설계해서 납품했다? 지나가던 개도 안 믿을 말이다.

"이봐요, 설총강 씨. 이거 그냥 웃을 일이 아니에요. 건물 자체가 무너질 수도 있단 말입니다."

"그러면 제가 그 죄를 받겠네요, 허허허."

"아니, 이 미친 늙은이를 봤나?"

보다 못한 오광훈이 화도 내 보고 소리도 질러 봤지만 설총강은 눈도 깜짝하지 않았다. 결국 참다못한 그는 노형진을 붙잡고 하소연했다.

"야, 설총강이 입을 안 여는데?"

"자기가 다 설계해서 넘겼대?"

"그래, 그게 말이 되냐?"

30대의 쌩쌩한 젊은이도 그 정도 양이면 한 달 안에 과로로 죽을 정도의 양이다. 그런데 구십이 넘은 노친네가 그걸 설계해서 넘겼다?

"아무래도 그냥 죽을 때가 되니까 두둑하게 돈이나 챙기겠다, 뭐 그런 생각인가 봐."

"하긴 종종 그런 타입이 있지."

자신의 삶이 얼마 남지 않았으니까 자식을 위해 자신이 모든 걸 바치는 사람들.

물론 부모로서 그건 나쁜 게 아니다. 어떻게 보면 인류는 그렇게 발전해 왔으니까.

문제는 지금 설총강의 행동은 남들의 목숨을 담보로 자식의 배를 채워 주려고 한다는 것이다.

"그 자식을 조사해 보지 그래? 보통 약점이 그런 쪽이잖아?"

자기가 지키고자 하는 걸 건드리면 범죄자들은 쉽게 포기한다. 그리고 그걸 모를 오광훈이 아니었다.

"그렇잖아도 찾아봤다. 그 자식을 조지고 싶은데 말이지."

"그런데?"

"멀쩡해."

"멀쩡하다니?"

"그 설총강이 개새끼인 것과 별개로 자식은 그냥 평범한 노동자야."

그냥 작은 중소기업에서 일하는 노동자일 뿐, 불법적인 일
을 하는 사람은 아니라는 거다.

"확실히 그러면 곤란하기는 하지."

나쁜 놈이면 잡아서 감옥에 넣으면 그만이지만, 그게 아니
라면 억울하게 죄를 뒤집어씌워서 감옥에 보낼 수는 없다.

"그렇다고 그냥 두자니 애매하고."

"그러면 상속 금지 가처분 신청을 걸어 버려."

"뭘 걸어?"

노형진의 말에 오광훈은 고개를 갸웃했다.

"검사라서 그런지 생각이 형사에 멈춰 버렸구만."

"뭐, 그런 건 있지. 그런데 그게 왜?"

"지 입으로 자기가 설계했다고 말했다면서?"

"그렇지?"

"그러면 그거 재건축이나 수리비는 누가 내냐?"

"응?"

"그렇잖아? 결국 돈이 들어가야 하잖아?"

당장 D등급이 나온 아파트도 어마어마한 수리비가 들 예
정이다. 최악의 경우 아예 허물고 새로 지어야 한다.

"그게 설계만의 문제는 아니잖아?"

"그래, 설계만의 문제는 아니지. 하지만 설계의 문제가 전
혀 없는 건 아니잖아? 이제 슬슬 자료가 올라오고 있지 않아?"

"그건 그래."

당연히 제출된 설계도에 대한 검토가 이루어지고 있고 그건 외부에 있는 전문 기업들이 하고 있다. 그리고 전문 기업들은 해당 설계도에 오류가 있다고 지적하고 있다.

"물론 섬광건축설계 쪽은 오류가 아니라고 주장하겠지만."

"그러겠지."

"결국 그건 재판부에서 싸워야 할 부분이거든."

그리고 그 싸움은 못해도 4년 이상 걸릴 거다.

"그러면 그 돈은 누가 내는데?"

"확실히 그러네?"

문제가 없다면 이쪽이 지겠지만 문제가 있다면?

설계하고 건설한 놈들이 지는 게 당연한 거다.

그런데 그걸 내놓으라고 해서 과연 그걸 내놓을까?

그럴 리가 없다.

"우리나라의 가장 큰 문제점이 뭔지 알아? 공공기관은 뭘 해도 책임을 안 묻는다는 거야."

100억을 해 처먹었다? 그러면 잠깐 감옥에 갔다 오면 된다. 그리고 출소해서 유유자적하게 생활하면 된다.

정부에서는 그에 대한 책임을 묻는 경우가 거의 없다. 그로 인한 피해는 국민들의 세금으로 메꾸면서 말이다.

"하물며 세금도 그런데 과연 이런 건 어떨까?"

일단 건축해서 팔아먹으면 그때부터는 국가 책임이 아니

라고 주장한다. 가해자는 있는데 피해자는 없는 상황에서 그 집을 산 사람들만 고통 받는다.

"그러니까 아예 재산을 넘겨주지 못하게 한다?"

"그래."

"흐음."

"단기적으로는 특검으로 이번에 범죄를 저지른 놈들을 엮어서 처벌할 수는 있어. 그런데 지금까지 특검이 몇 번이나 있었지? 아니, 그걸 떠나서 주택공사에서 비리가 걸린 게 몇 번째지?"

"거의 매년 걸렸다고 봐야지."

"그런데 왜 이런 일이 벌어지겠어?"

"무슨 소리인지 알겠네."

길어 봐야 한 5년. 그것도 두둑하고 돈 좀 뿌리면 집행유예로 감옥에 안 갈 수 있다. 그리고 그렇게 나와서 화려한 삶을 살아가는 게 불가능하지 않다 보니 너도나도 하는 거다.

"그러니까 아예 특검의 업무의 영역을 확장시킨다고 봐야지."

"어떻게? 하지만 무슨 수로?"

"그거 하라고 주택공사가 있는 거 아니야?"

"아니, 주택공사는 조사 대상이지."

노형진은 그 말에 혀를 끌끌 찼다.

"아니지. 우리 조사 대상은 주택공사가 아니라 주택공사에서 부패한 놈들이지."

"뭐?"

"주택공사는 말 그대로 기업이야. 주택공사를 뭐 어쩔 건데? 감옥에 넣을 거야, 아니면 폐업시킬 거야?"

"확실히 그건 그러네."

주택공사는 사람이 아니니 감옥에 넣을 수조차도 없다. 그렇다고 해서 주택공사를 없앨 수도 없다.

부패와는 별개로 국민들의 집이라는 거대한 목적성은 국가가 나서서 해야 하는 일이기 때문이다.

주택공사를 없애고 다른 걸 만든다고 한들 결국 하는 일은 주택공사와 같을 테고 주택공사에서 일하던 놈들이 그대로 옮겨 갈 텐데 뭐가 달라질까? 그저 간판만 바꿔 다는 꼴밖에 안 된다.

"그러니까 다른 방법을 찾아야지."

"아니, 그러니까 그게 안 되잖아. 우리는 검사라고."

검사는 형사적 영역에 있는 사람이지 민사적인 영역에 있는 사람이 아니다. 당연하게도 그것과 관련해서 민사소송을 걸거나 할 수는 없다.

만일 특검 과정에서 손해배상을 청구할 일이 생긴다?

그건 정부의 다른 부서에서 알아서 할 일이지 특검이 할 일이 아니다.

"그래, 검사지."

"그래, 그러니까 우리는 민사소송을 못 해. 물론 주택공사에 구상권 청구하라고 할 수야 있겠지. 하지만 그놈들이 안 받아들이면? 그간의 기록을 보면 절대로 안 받아들일걸."

왜냐하면 그렇게 해 처먹는 과정에서 혼자만 받아 처먹는 게 아니기 때문이다.

"알아. 그러니까 우리가 나서야지."

"아니, 그러니까 우리가 민사를 청구할 이유나 권한이 없잖아. 그건 당사자가 아니면 못 한다고."

"그렇지. 그러니까 당사자를 모아야지."

"당사자를 모아?"

"지금까지 특검에서 단 한 번도 하지 않은 게 뭔지 알아?"

"뭔데?"

"피해자 소환 조사."

"어?"

"이상하지 않아? 분명히 검사의 권한을 받았단 말이지."

분명히 특검은 검사의 모든 권한을 인정받는다. 그렇기에 그 과정에서 당연히 검사로서 행동해야 한다.

그런데 역사상 단 한 번도 피해자들을 소환한 적이 없다.

"물론 피해자가 없는 정치적 사건이 없는 건 아니지."

하지만 모든 사건이 다 그런 건 아니다. 예를 들어 강원랜드에서 벌어진 부정 청탁 사건만 봐도 그렇다.

분명히 강원랜드에서 부정 청탁을 한 사람이 있고 그걸 받아 준 사람이 있으며 그로 인해 정당한 시험에서 떨어진 사람이 있고 심지어 자리를 만들기 위해 부당해고당한 사람까지 있다.

하지만 그렇게 부당하게 입사한 사람 중에서 누구도 해고 당하지 않았다. 부정 청탁한 놈들의 명단도 공개되지 않았다. 그저 회사 내부에서 중간급 몇 명이 잘리는 선에서 사건은 끝났다.

"전형적인 꼬리 자르기지."

온갖 쇼를 하고 온갖 거품을 보여 줬지만 결국 바뀐 건 하나도 없는 것.

그게 일반적인 특검의 과정이다.

"그래서?"

"왜 그럴 것 같아?"

"음…… 글쎄?"

"피해자가 한 명이 아니지만 구심점이 없거든."

삼백 명이 넘는 사람이 부당 입사했다. 그 말은 그만큼 피해자들이 입사를 못 하거나 잘렸다는 거다.

그런데 그들은 서로를 모르고 서로에게 접근할 방법도 없다.

"특검이나 검찰에서 꼬리 자르기 할 때 가장 많이 쓰는 방법이 그거야."

절대로 피해자들을 모으지 않는다. 피해자들은 서로의 존재를 모른 채로 부패한 집단과 일대일로 싸워야 한다.

"그런데 그런 경우에는 무슨 일이 벌어지는지 알잖아?"

재판부에서는 청탁을 받고 꼬리 자르기 하면 억울한 피해자들을 저버린다.

왜냐, 고작 한 명이 한 소송이고 한 명에게 피해를 뒤집어씌우면 그만이니까.

그렇게 함으로써 부정 청탁을 한 사람들을 자기 뒷배에 둘 수 있으니까.

당장 강원랜드의 부정 입사 의혹에도 재판부는 부정 입사한 사람들이 시간이 지나서 어쩔 수 없다는 식으로 결국 극히 일부 소송을 건 피해자들을 패소 처리했다.

"그런데 그거 완전 개소리인 거 알지?"

"알지."

재판부는 시간이 지나서 취소가 안 된다는 주장을 받아들였지만 사실 법적으로 보면 그건 취소가 아니라 무효여야 한다.

취소란 그 시점에서 효력을 소멸시키는 거고, 무효란 원래부터 효력이 발생해서는 안 되는 일이 효력이 발생한 것으로 오해되었다는 의미다.

즉, 입사 과정에서 부당하게 부정 청탁으로 입사한 경우 그건 취소 사유가 아니라 무효 사유이며, 그런 경우 애초에 부정 입사한 사람들이 거기에 근무할 자격 자체가 사라지는 것이기 때문에 그들을 내보내고 기존 합격자를 뽑아야 한다.

실제로 과거에 50년간 잘 근무하고 정년퇴직한 경찰이 과거에 입사할 때 약간의 착오가 있었다는 이유로 경찰 경력을 싹 다 지워 버리고 단 한 푼의 퇴직금도 주지 않았다.

그가 범죄를 저지른 것도 아니고, 그렇다고 해서 경찰로 일하는 과정에 뇌물을 받거나 한 것도 아니다.

그저 전 직장에서의 근무 기간이 틀린 것뿐이다.

하지만 재판부는 그게 무효의 근거라고 억 단위의 퇴직금을 받지 못하게 막았다.

그 정도로 빡빡한 법원이 부정 입사에 관련해서 오래되었다는 이유로 부정 취업이 합법이라고 인정한다?

당연히 말도 안 되는 소리다.

"도대체 말이야, 이름도 공개가 안 된 놈들이 법원에 압력을 행사하지 않을 거라는 생각은 왜 안 하는 거야?"

당연히 그놈들은 이름도 공개되지 않았으니 그냥 법원에 전화해서 '야! 덮어!' 한 마디만 해 주면 법원에서는 그들에게 충성을 다 바칠 거다.

"어? 그러면?"

"그래. 검사가 피해자를 소환 조사하는 건 너무 당연한 법률적 과정이라고."

노형진은 어깨를 으쓱하면서 말했다.

"그 과정에서 피해자들이 서로 만나서 이야기하고 집단을 만드는 거야 뭐, 방법이 없지."

노형진이 히죽 웃자 오광훈은 혀를 내둘렀다.

"확실히 변호사가 생각할 만한 수사 기법이네."

그리고 화답하듯 웃었다.

"참 마음에 들고 말이야."

노형진의 말대로 피해자들에 대한 소환 조사가 이루어졌다. 그리고 그 소환 조사는 업무의 편의성을 위해 같은 날 이루어졌다.

"이 사람들이 다 피해자라고?"

송정한은 모여든 사람들을 보면서 혀를 내둘렀다.

"그렇다고 하네요."

특검이 있는 곳에 모여든 사람들은 서로 모르겠다는 얼굴을 하고 있었다.

하지만 그들의 눈에는 분노가 가득했다. 왜냐하면 그들이 사는 집이 그 소문의 D등급 신축 아파트였기 때문이다.

집을 지은 지가 채 1년도 되지 않았는데 D등급.

미치지 않고서야 아무도 그 집을 사지는 않을 테고, 결국 언제 무너질지 모르는 시한부 선고를 받았는데 주택공사에서 한다는 말이 '일단 수리비를 주시면 저희가 보수하겠습니다.'였으니까. 그 상황에서 화가 안 나는 게 이상한 거다.

"그런데 이해가 안 가는데요. 결국 같은 아파트 사람들이 잖아요."

가득 모인 사람들을 보면서 서세영은 이해가 안 간다는 듯 물었다.

"뭐가 이해가 안 가는데?"

그러자 고연미가 고개를 갸웃하며 되물었다.

"아니, 같은 아파트에 모여 살면 같은 피해자잖아요? 그런데 왜 안 뭉쳐요?"

사실 다른 사람들보다 쉽게 뭉칠 수 있는 게 이들이다. 최소한 이들은 같은 건물에서 살고 있으니까.

강원도 부정 입사 사건 같은 건 사는 것도 다 다르고 피해자 정보도 공유를 못 하니 같이 소송을 못 한다지만, 이들은 충분히 모여서 싸울 수가 있다.

"뭐, 일단 서로 모르는 사이니까 그런 것도 있겠지."

무태식은 그렇게 말하면서 데면데면하게 모여 있는 사람들을 바라보며 말했다.

"요즘 아파트에 살면서 서로 알고 지내는 사이는 별로 없잖아?"

"아무리 그래도 이 정도 일에 서로 뭉치지 않는다는 게 이상해서요. 당장 건물이 무너질 판국인데."

그런 서세영의 말에 대답한 것은 김성식이었다.

"책임지기 두려우니까."

"네?"

그런 그에게 김성식이 씁쓸하게 말했다.

"저 사람들은 주택공사가 지은 집들에 들어가서 사는 사람들이야. 소위 명품 주거 운운하는 기업들이 지은 게 아니지."

"그래서요?"

"돈에 한계가 있다는 거야. 서 변호사도 이제 알지 않나, 프리미엄이라는 게 왜 붙는지."

"확실히 그런 게 있기는 하죠."

거대 기업은 자사의 이득을 위해 자사에서 지은 아파트가 최대한 비싸 보이게끔 하고 또 그렇게 홍보도 한다.

상위 1%를 위한 어쩌고 하면서 말이다.

"그런데 그 주택공사에서 짓는 아파트는 그런 게 없거든."

말 그대로 국민들이 살아야 하기에 집을 짓는다는 개념이 강하다 보니 그런 프리미엄 홍보를 안 한다.

실제로 같은 지역에 아파트라고 해도 제일 낮은 취급을 받는 곳이 바로 주택공사의 아파트다.

"요즘은 학교에서도 아파트 이름으로 차별한다더군요. 뭐라더라? 휴거?"

"아, 저도 들었어요."

휴먼시아. 주택공사가 운영하는 아파트 브랜드다.

그리고 초등학교에서조차 휴먼시아에 산다고 하면 휴거라고 놀린다는 뉴스가 보도된 적도 있다. 휴거란 휴먼시아 거지라는 의미다.

"그런데 그런 사람들이 거대한 국가조직을 대상으로 소송해서 이길 수 있을까?"

"아아~."

소송하고 싶겠지만 누군가가 나서서 하기에는 부담이 클 거다. 그렇다고 해서 자기가 나서서 소송할 수도 없다.

"누군가가 나서서 그들을 뭉치게 만든다? 그거야 좋지. 하지만 그러기 위해서는 그 사람이 생계를 포기해야 해."

그게 쉬울까? 그런 주택공사 아파트에 사는 사람의 절대다수는 일반 노동자 아니면 작게 자기 가게를 운영하는 사람들이다.

그런 이들이 생계를 포기하고 총대를 멜까?

그리고 그 소송과 관련된 압력과 비용을 감당할 수 있을까?

아니, 그 사람이 과연 사건을 담당해 줄 변호사를 찾을 수나 있을까?

"아마 대부분은 거절할걸."

일이 너무 커지고 어렵다. 또한 개인적인 소송이니 난이도에 비해 돈도 못 받는다.

"설사 받는다고 해도 그걸 제대로 할 가능성은 사실 높지 않지."

"그런가요?"

"서 변호사가 만일 노형진이나 우리 새론의 배경 없이 거대 기업과 싸운다고 쳐 봐. 어떤 일이 벌어질 것 같아?"

그 말에 서세영은 잠깐 고민하다고 고개를 절레절레 흔들었다. 고소야 할 수 있겠지만 판사는 아마도 아주 높은 확률로 들은 척도 안 할 거다.

"그래, 그리고 가난은 그런 걸 누구보다 잘 알려 주는 잔인한 환경이지."

돈이 없으면 싸울 수조차도, 보호받을 수조차도 없다. 그걸 알기에 저들은 피해를 알면서도 저항할 방법을 못 찾는 거다.

"송정한 대통령님이 가난한 사람은 죽으라는 거냐면서 길길이 날뛰는 이유가 바로 그거야."

"그러네요."

김성식의 말에 서세영은 인정할 수밖에 없었다.

가난하니까 저항할 구심점조차도 내부에서 안 나온다. 아니, 못 나온다.

물론 주택공사에서 보강한다지만 그래 봤자 D등급이 A등급이 되는 건 아니다. 보강이라는 게 그냥 철제 기둥 몇 개 더 외부에 세우는 정도인데 그 정도로 수천 톤짜리 건물을 지지하는 건 불가능하니까.

즉, D등급에서 E등급으로 넘어가는 걸 아주 근소하게 늦출 뿐이지 사실상 재건축 말고는 답이 없다.

더군다나 건물 짓는 것도 개판으로 한 놈들이 제대로 보강한다는 증거는 없다. 도리어 그걸 기회 삼아 한탕 더 하려고 할 가능성이 높다.

이것이 법이다

그런데 가난하니까 어디로 가지도 못하고 그저 무너지지 않기를 기도하면서 그곳에서 살아야 한다.

"그리고 우리가 그걸 대신하는 거고요?"

"맞아."

다른 곳도 아닌 새론이면 상대방이 주택공사가 아닌 정부 자체라고 해도 해볼 만한 힘을 가지고 있다.

"그리고 장소도 중요하지."

"장소요?"

"노 변호사가 왜 여기로 오라고 했겠어?"

"어…… 글쎄요? 오빠가 오라고 하기는 했는데."

"집단의 힘은 강력하거든."

집단을 이룬 사람들은 용기가 솟아난다. 그리고 그런 용기로 소송할 수 있다.

"예를 들어 소송한다고 쳐 봐. 그런데 우리가 한 명 한 명을 찾아가서 설득한다면 어떻게 반응을 할까?"

"아하!"

김성식의 말에 서세영은 고개를 끄덕거렸다.

아마도 집집마다 찾아다니면서 설득하고 동의서를 받느라 힘들었을 거다. 일단 시간도 시간이고 그렇게 설득해도 상당수 사람들이 겁먹고 소송을 거부할 거다. 왜냐하면 보이는 게 자기뿐이니까.

다른 사람이 동참한다고 해도 그게 얼마나 되는지, 그리고 그게 거짓말이 아닌지 확실하지 않을뿐더러 자기가 첫 번째 가 되고 싶은 마음은 없으니 결국 그저 눈치만 볼 거다.

"하지만 여기는 아니지."

같은 피해자들이 조사를 기다리면서 모여 있고, 서로 이야 기를 나누면서 동질감을 가지고 있다. 더군다나 몇 명이 아 니라 수백 수천 명이 함께 있다.

"누군가가 시작하면 용기를 내는 게 가능하다 이건가요?"

"그렇다네."

누군가가 시작하면 이들은 용기를 가지고 소송을 의뢰할 거다.

"그 시작은 누가 하고요?"

"그거야 각자 알아서 해야지. 이 정도까지 기회를 준 것으 로 우리 책임은 다한 거야. 서 변호사도 알 텐데? 법 위에서 잠자는 자 보호받지 못한다."

이 정도만 해도 기회는 준 거다. 이것도 잡지 못한다면 이 또한 그들의 운명이다.

"그러면 시작하지."

김성식의 말에 사람들이 길게 플래카드를 걸었다.

⚖

아파트 집단소송 의뢰 센터

해당 아파트의 부실 공사와 관련하여 참가하실 분은 의뢰서를
작성 바랍니다.

커다란 플래카드가 걸렸지만 사람들은 쉽게 움직이지 못
했다. 그걸 이해하지 못해서가 아니다. 이해는 하지만 섣불
리 소송한다고 달려들 용기가 없었기 때문이다.

아무리 사람들이 많다고 해도 결국 누군가는 총대를 메야
하니까.

그렇게 20분이 지났건만 누구도 오지 않는 상황. 서세영은
그걸 보고 걱정되기 시작했다.

'이거 아무도 안 오는 거 아니야?'

아무리 집단소송을 전문으로 하는 새론이라지만 여기가
도깨비시장도 아닌데 사람들을 붙잡고 '소송에 참가해 주세
요!'라고 외칠 수도 없는 노릇.

그래서 계속 침묵이 흐르는 그때, 한 노인이 앞으로 성큼
성큼 나섰다.

"거 비용이 얼마요?"

"지원하시는 분들에 따라 달라질 겁니다. 그리고 추후 수
납일 겁니다."

"추후 수납?"

"이기면 받는다는 겁니다."

"이기면 받는다라……."

그 말에 그 노인은 잠깐 고민하다가 서세영의 바로 앞 의자에 앉았다.

"혹시 건물이 무너지면 그 보상금은 어떻게 되는 거요?"

"네?"

"내가 죽는 건 안 무서운데 내 자식들은 뭐라도 받아야 할 거 아냐."

그 말에 서세영은 잠깐 얼어붙었다가 이내 정신을 차렸다. 이런 노인분들은 자신보다 자식을 우선하는 경우가 많으니까.

'그러고 보니 소송 대상도 그런 노인이라고 했지.'

"거 젊은 처자가 왜 말이 없어?"

"생각을 하느라고요. 현실적으로 말씀드리면 소송해도 받으실 게 별로 없을 거예요."

"뭐? 왜?"

"D등급이잖아요."

D등급 건물이 되면 당연히 정부에서는 집중 관리 대상이 된다. 더군다나 이 건물은 시간이 오래 지나서 D등급이 된 게 아니라 부실 건축물이라 D등급이 된 것이니 당연히 아주 빠른 속도로 E등급이 될 거다.

"그런데 E등급이 되면 강제로 퇴거하거든요."

"강제 퇴거?"

"네."

"그러면 내 집값은?"

"날리시는 거죠. 지금 소송 안 하시면 언제가 될지 모르지만 높은 확률로 소멸시효가 완성되는 거니까."

"허? 그럼 그 이전에 무너지면?"

"뭐, 그래도 얼마 못 받아요."

"어째서?"

"D등급이잖아요."

이미 위험한 건물이라고 고지한 상황이니 나가야 한다고 주장할 거다. 그리고 실제로 정상적인 사람이라면 이사 갈 거다.

그 사람이 돈이 없어서 이사 못 가는 거? 주택공사 입장에서는 알 바가 아니다. 자기 주머니가 더 중요하지 죽은 사람의 주머니는 상관없을 테니까.

"그러니까 위험성을 알면서도 거주한 걸로 봐서 과실을 엄청나게 크게 잡을 거예요."

"그러면?"

"배상금이 거의 안 나오겠죠."

"아니, 씨팔. 건물을 개떡같이 지은 건 저놈들인데?"

"그렇다고 해도 위험하다고 경고했으니까요."

서세영의 말에 노인은 얼굴이 붉어졌다. 그러더니 결국 마음먹었다.

"그거 소송하면 새로 건물을 지을 수도 있나?"

"불가능한 건 아니죠. 어느 정도 손해배상도 받을 수 있을 테고요."

"그래? 그러면 해야지."

"하시게요?"

"늙어 죽나 건물이 무너져서 죽나 이판사판이니까."

결국 노인은 먼저 나서서 사인했다. 그리고 다른 사람들에게 소리를 질렀다.

"뭐혀! 와서 소송을 걸어!"

"네? 하지만 어르신, 그……."

"그래서? 애들을 데리고 그 집에서 살 거여? 거기가 무너지면 자네만 죽는 거 아니자녀? 애들은 어쩔 건데?"

그 말에 남자는 흠칫하더니 잠깐 고민하다가 자리로 와서 앉았다. 그러고는 조심스럽게 물었다.

"그 소송을 해서 안전한 곳으로 갈 수 있나요?"

"일단 상황에 따라 달라지겠지만 그런 경우에는 그 돈도 청구하는 게 일반적이죠."

"일반적이다라……."

그 말에 남자는 고개를 끄덕거렸다.

"하겠습니다."

그렇게 한 명 두 명 피해자들이 모여들기 시작했고, 그렇게 최초로 소송 집단이 만들어졌다.

"오늘 엄청 많네요?"

그렇게 모여든 사람들을 보고 서세영은 혀를 내둘렀다.

김성식이 두툼한 서류를 보면서 말했다.

"여기가 시작이겠지. 주택공사가 지은 건물이 어디 한두 개야?"

"아하!"

"주택공사 입장에서는 곡소리가 날 거야."

그리고 이제 그 책임을 주택공사가 지어야 할 거다.

노형진이 원하는 게 그거고 말이다.

⚖

새론에서 그렇게 피해자를 모으고 나자 소송은 바로 이루어졌다. 소송 피해자를 다 모은 건 아니지만 인원이나 손해 배상금 같은 건 나중에 변경할 수 있기 때문이다.

특검의 특성상 모든 일을 빠르게 진행해야 했기 때문에 새론은 주저하지 않았다.

그리고 당연하게도 그 과정에서 관련자들에 대한 손해배상과 압류가 진행되기 시작했다.

"그건 내 돈이야! 내 돈이라고! 네가 뭔데! 네가 뭔데!"

지난번에 왔을 때는 아주 사람 좋은 웃음을 지으면서 허허 허허 웃던 설총강은 완전히 바뀌어 있었다. 눈이 벌게진 채로 특검 사무실에 와서 모든 걸 깽판 치면서 고래고래 소리를 질렀다.

갑자기 그의 전 재산이 가압류되었기 때문이다.

당연히 그간 짭짤하게 받아 둔 돈도 모조리 묶여 버렸던 것. 그랬기에 그는 눈깔이 돌아간 상황이었다.

"아이고, 어르신. 진정하세요."

수사관들은 그런 설총강을 말리려고 쩔쩔맸다. 그리고 지나가던 오광훈은 그런 설총강을 발견하고는 목소리를 높였다.

"지금 뭐 하자는 거야! 여기가 어디라고 피의자가 지랄을 해!"

"오…… 오 검사님. 그게…… 나이가…… 있으신데……."

"지랄하지 마! 나이 먹었으면 피의자 아니야? 어? 너희는 특검이라는 새끼들이 피의자한테 두들겨 맞으면서 다녀? 그럴 거면 옷 벗어, 이 새끼들아!"

"하지만……."

"하지만은 무슨 하지만이야! 어서 제압 안 해!"

"내가 왜 피의자야! 내가…… 왜!"

그때 오광훈의 말을 들은 설총강이 눈을 까뒤집으면서 덤볐다. 그러자 오광훈이 그런 그에게 차갑게 말했다.

"당신이 설계해서 넘겼다면서요. 그거 다른 설계 회사에서 의견서를 제출했습니다."

해당 설계 사무소에서는 설계상의 오류와 건축에서의 부실 공사 같은 걸 감안하면 10년 이내에 해당 건물이 붕괴될 가능성이 높다고 못 박았다.

"특히 설계를 아주 개판으로 했다던데? 아예 설계의 상식

자체가 없다던데?"

"그……."

그 말에 설총강은 할 말이 없었다.

'그러겠지.'

그가 최소한의 얼개만 잡아 주고 주변에서 아무나 했을 테니까.

상식적으로 혼자서 그 많은 설계를 한다는 건 불가능하기 때문이다. 거기다가 분명 설총강은 자기가 설계해서 넘겼다고 인정했다.

"그리고 소송을 건 건 우리가 아니라 피해자들이지. 그런데 왜 특검장에 와서 지랄입니까? 지금 여기가 애들이 장난치는 놀이터인 줄 알아요?"

"그……."

"어이, 박 형사. 이 인간, 공무집행방해로 집어넣어."

"네? 하지만 오 검사님…… 이 사람 나이가……."

"나이가 뭐? 죄를 저질렀으면 처벌받아야지."

"하지만……."

"형사가 판결하기로 되어 있나? 처분은 판사가 알아서 할 거야. 아니면? 박 형사가 그 검사야? 기소권 쥐고 있어? 교도소에서 뒈지면 그것도 지 복이야."

그 말에 결국 박 형사는 어쩔 수 없다는 듯 그 노인에게 다가가 수갑을 채웠다.

"이놈! 천벌받을 거다! 천벌받을 거야!"

"천벌은 당신이 받겠지. 수백 명이 사는 건물을 10년 이내에 무너질 수 있게 설계를 해? 사람 학살하려고 작정한 거지."

"천벌……."

그러나 설총강은 그 소리를 듣지 못했다. 자기 혼자 소리를 버럭버럭 지르면서 끌려 나갔기 때문이다.

"한 번만 더 피의자한테 질질 끌려다니면 다 모가지야. 알아들었어!"

"……."

"알아들었냐고! 우리 특검이잖아! 정치인에 국회의원에 죄다 노친네들이야! 그놈들이 올 때마다 엉덩이나 그렇게 살랑살랑 흔들 바에는 옷 벗고 나가!"

오광훈의 말에 결국 다들 고개를 숙이면서 사과했다.

"죄송합니다, 오 검사님."

"똑바로 해. 이딴 식으로 굴면 두 번은 없어."

오광훈은 수사관들에게 으름장을 놓고 노형진의 방 안으로 들어갔다. 노형진은 그런 그를 보면서 피식 웃었다.

"왜 그렇게 흥분하고 있어?"

"빡치지 않겠냐? 10년이래, 10년. 보강해도 13년 안에는 무너질 거란다. 씨팔. 돈 몇 푼에 몇백 명의 목숨을 팔아먹어? 이게 나치 가스실이랑 뭐가 다른데?"

"좀 오래 걸린다는 거랑 피해자 돈 쪽쪽 빨아먹는다는 거?"

이것이 법이다

노형진은 그렇게 말하면서 자리에 앉았다.

"그래서, 이야기 좀 슬슬 나오나 봐?"

"네가 한 말이 맞더라. 설계사가 개판인 곳에서 준 설계 도면은 아예 글러 먹었어. 도대체 뭔 생각인 거야?"

"뭔 생각이긴, 슈킹하려는 생각이지."

노형진은 느긋하게 말했다.

"내가 말했잖아, 그렇게 설계를 변경하고 빼돌리기만 해도 수십억 수백억이 생기는데 안 하겠냐고."

"끄응, 그래. 그거야 그렇다고 쳐. 이거 소송 들어가기는 하는데 어쩔 거야? 지금 보니까 새론만 달려든 게 아니더만."

"나도 소문 들었다. 태양까지 달려들었다던데?"

워낙 큰 사건이고 새론에서 사건을 수임했다는 소문이 빠르게 돌았다. 그렇다 보니 아무리 새론이 커도 그간 주택공사가 해 처먹은 수준을 보면 혼자서 커버할 수 있는 수준이 아니라는 생각을 한 수많은 로펌들이 다급하게 새론처럼 뛰어들어서 집단소송을 하기 시작한 상황이었다.

"아마 주택공사가 사람이었으면 차라리 자살할걸."

대형 로펌 하나만 붙어도 소송이 복잡해지고 치열해진다. 그런데 한두 곳도 아니고 수십 곳이 달라붙는다? 그러면 그들과 다 같이 싸워야 한다.

더군다나 그렇게 싸우는 로펌들이 각개격파 같지만 또 그것만도 아니다. 각자 다 다른 소송을 하겠지만 다른 로펌에서 하는 소송에도 많은 관심을 가지고 있다가 새로운 공격 포인트나 자기들이 써먹을 만한 요소를 발견하면 100% 자기들도 써먹을 거다.

사실상 주택공사는 대한민국 거대 로펌의 공동체를 대상으로 싸워야 하는데 결과적으로 그런 상황에서 유리한 건 집단 지성이다.

"더군다나 주택공사 입장에서는 쓸 만한 로펌도 별로 없을 테니까."

아예 없는 건 아니겠지만 그렇게 큰 사건을 수백 건씩 하려면 역량에 한계가 올 수밖에 없다.

"그런데 태양은 의외네? 전에는 공사 측에 붙을 줄 알았는데."

"분위기가 안 좋으니까."

그렇잖아도 이미지가 안 좋은 태양은 이미지 변화를 위해 몸부림치고 있다. 그런데 이번에 주택공사 측의 변호를 맡아 버리면 이미지가 더 안 좋아진다.

"더군다나 현 대통령은 송정한이잖아. 그리고 아무리 수사 중이라지만 결국 주택공사는 국가 단체고."

"하긴, 그것도 그러네."

송정한이 그곳에서 어디를 고용할지에 대해 터치는 안 하겠지만 아주 높은 확률로 태양은 피할 거다. 태양과 새론의 사이가 안 좋은 건 딱히 비밀도 아니니까.

"그러면 이제 우리는 뭘 하면 되나? 이렇게 되면 우리가 할 게 있다면서?"

"업무상 배임에 대한 수사에 들어가야지."

"업무상 배임?"

"소송하는데 어떤 건 당사자에게 한 것도 있지만 어떤 건 주택공사 명의로 했거든."

"그거야 알지."

"자, 그러면 여기서 문제. 그 소송에서 주택공사가 이길 수 있을까, 없을까?"

"무리지 않을까?"

주택공사 측이 설계를 변경하고 원자재를 빼돌린 증거가 너무 많다. 그런 상황에서 주택공사가 이길 수는 없다.

물론 재판부의 결정에 따라 배상금이 줄어들 수야 있겠지만 그렇다고 100% 책임을 피할 수는 없다.

"자, 그러면 어떻게 되겠어?"

"어?"

"그걸 실행한 놈들이 있을 거 아니야? 가령 섬광건축에 설계를 맡기기로 한 놈이 있잖아?"

"그렇지?"

"그런데 섬광건축설계에서 이딴 식으로 했잖아?"

"그렇지?"

"그러면 그 책임은 누가 져야 해?"

"어…… 음……."

사람들의 생각으로는 당연히 설계 오류를 낸 섬광건축설계에도 책임이 있지만 그들이 자격이 안 되는 걸 알면서도 그 설계를 의뢰한 주택공사도 있다.

　"그런데 내가 말했지, 이거 구두 계약이라고?"

　실제로 섬광건축설계와 관련된 계약서는 양쪽 다 이미 사라진 후였다. 그렇게 한다고 해서 설계한 곳이 섬광건축설계라는 사실이 사라지는 것도 아니건만 자기들끼리 빼돌린 돈이나 조건을 감추기 위해 일단 서류부터 없앤 거다.

　"그렇지?"

　"그러면 그 책임은 누가 져야 할까?"

　"그거야…… 음…… 음? 애매하네?"

　만일 계약서와 심사 결과가 남아 있다면 문제 될 게 없다.

　왜냐하면 심사해서 합리적으로 통과되면 그 이후에 속이는 것은 섬광건축설계의 범죄행위니까.

　하지만 지금 시점에서는 심사도 없고 계약서도 없다.

　그렇다고 대표에게 책임을 물을 수도 없다. 대표는 당연히 '나는 몰랐다.'라는 식으로 발뺌할 거니까.

　"그리고 누군가는 그에게 구두로 계약에 대해 전했단 말이지. 그걸 전한 사람이 최종 책임자야."

　"그렇군……. 확실히, 구두로 계약에 대해 전했다는 것 자체가 핵심이니까."

　구두 계약이라는 게 뭔가? 발에 신고 다니는 거?

아니다. 입에서 입으로, 즉 말로 계약 사항을 전달했다는 거다.

그런데 만일 그 말을 전한 놈이 과장급의 인간이라면?

이건 누가 봐도 명백한 월권이다. 위에서는 서로 몰랐다고 할 텐데 과장급이 결정할 사항인 것도 아니니까.

그러면 그걸 결정할 권한을 가진 이사급이라면? 그렇다고 해서 그가 책임질 게 없을까?

아니다. 왜냐하면 구두 계약도 결국 계약의 일부로써 효력을 발휘한다는 게 법원의 판결인데, 아무리 이사급이라고 해도 월권이기 때문이다.

더군다나 그에 관해 내부에서 반대했는데도 그걸 굳이 밀어붙였다면?

"아하! 뭔가 받아 처먹었다는 거네?"

"그렇지. 그리고 그런 경우에 관리 책임을 안 물을 수가 없지."

그로 인해 소송당한 공사 입장에서는 그 이사나 직원에게 부당한 월권을 이유로 구상권을 청구 안 할 수가 없다.

"여기서 우리가 중요해지는 거지."

당연히 구상권을 청구해야 한다. 하지만 그간 특검이나 검찰의 수사를 보면 절대로 그에 대해 터치하지 않는다. 도리어 모른 척한다. 그래서 공사에서 모른 척해 버려도 신경도 안 쓴다.

"하지만 소송이 있고 피해가 있고 월권인데 그걸 청구를 안 하면?"

"우리의 수사 대상이라는 소리네."

이미 증거와 손해가 증명되었는데 구상권 청구를 안 한다?

그러면 그 시점부터 주택공사의 간부들, 이사급, 전무급, 사장급까지 모조리 업무상 배임에 들어간다.

"그래서 변호사의 싸움이라고 하는 거구나."

"그렇지. 이게 애매하거든."

업무를 하면서 개인적인 욕심을 챙기거나 횡령 등을 했을 때 그에 대한 구상권을 청구하는 건 당연하지만 불확실한 경우가 많다.

정확하게는 그게 확정되어야 하는데 특검의 기간을 생각하면 당연히 확정되기 전에 특검이 끝나기 때문에 그 후에 함께 '우리가 남이냐!'라고 외치면서 덮어 버리고 다시 한번 으쌰으쌰 해서 횡령하려고 해도 터치를 못 한다.

지금까지 그런 쪽으로는 제대로 수사를 안 한 덕분에 매번 그래 왔고, 그래서 수십 년째 주택공사가 여전히 부패할 수 있었던 것이다.

"하지만 아무리 그래도 시간이 너무 오래 걸릴 텐데?"

이번에 피해자들이 가압류를 걸기는 했지만 그건 어디까지나 가압류일 뿐이다. 그리고 특검은 검사와 다르게 공소 유지에 한계가 있다.

왜냐하면 길어 봐야 110일 내외로밖에 활동을 못 하는데 재판은 그 후로도 계속되니까.

물론 특검이 끝났다고 해서 그 후에 기소가 취소되는 건 아니다. 대신에 검찰에서 넘겨받아서 일을 진행한다.

"상관없지."

"상관없다고?"

"우리가 하던 건 다음 검찰에서 이어받겠지. 주택공사는 매년 걸렸다니까? 그게 무슨 말이겠어? 아직 공소시효가 안 끝났다는 거야."

"아!"

실제로 수십 년간의 공소시효가 남아 있으니 그걸 조사하면 그만이다.

"그런데 이번에는 왜 피해자들을 엮은 거야?"

"피해자를 엮어야 그 금액이 커지는 것도 있고, 기자들에게도 줄 만한 떡밥이 있어야 우리가 열심히 일하고 있다는 어필도 할 수 있으니까."

"아하!"

검찰의 일은 기밀이 우선이지만 특검은 정치적 수사의 영역이 강해서 마냥 비밀로 할 수는 없다. 그렇다고 하나부터 열까지 모조리 다 공개할 수도 없다.

그렇기에 이런 특검에서는 공개할 것과 공개 안 할 것을 구분하는 것이 중요한 일 중 하나였다.

"그리고 이건 공개하는 게 이득이지."

소문나면 추후에 같은 일이 터졌을 때 사람들이 손해배상 및 구상권 청구를 당연하게 생각하게 될 테니 그렇게 서너 번 더 일이 터지면 최소한 순살 아파트나 물살 아파트를 짓는 걸 포기할 테니까.

"기소야 몇 년 치가 쌓여 있으니까."

"그렇겠네."

"자, 그러면 밀린 걸 받아 보기 시작할까? 후후후."

주택공사.

한국에서 뒷주머니 가장 두둑하게 챙길 수 있는 공기업 중에서 한 곳.

그렇기에 경쟁도 치열했고 뇌물도 여느 곳보다 많이 도는 곳이었다. 높은 곳에 가야 정보에 접근할 수 있고 정보에 접근해야 더 많은 돈을 벌 수 있기 때문이다.

똑같은 신도시 개발 택지지구라고 해도 주택 지구보다는 아파트 지구가 더 돈이 되고 아파트 지구보다는 상업 지구가 더 돈이 된다.

그걸 알기에 정보를 빼돌리기 위해 뇌물을 주는 것은 일상이었다. 당연하게도 그걸 받은 사람들은 조용히 입을 다물었고 어쩌다 걸렸어도 슬쩍 사건을 덮고 갔다.

그리고 지금까지 누구도 그걸 문제 삼지 않았다. 그 누구도 말이다.

그러니 이제는 상황이 달라졌다.

"왜 구상권 청구를 안 했습니까?"

"네?"

주항만은 자신을 취조하는 홍보석의 말에 자꾸 반문했다. 하지만 홍보석의 목소리는 차갑기 그지없었다.

"이봐요, 주항만 이사님. 말 돌리실래요? 자꾸 못 알아듣는 척 자꾸 그러실래요? 치매 오신 거 아니잖아요? 제가 바보로 보여요?"

홍보석의 목소리는 어느 때보다 높았다. 그도 그럴 게 벌써 30분째 '네?'만 하고 있었으니까.

주항만은 그 말에 대꾸도 못 했다. 그도 그럴 게 그가 뇌물을 받은 것도, 구상권 청구를 안 한 것도 사실이니까.

'씨팔. 이게 아닌데.'

도리어 막대한 범죄가 드러날 때마다 주항만은 숨어서 만세를 불렀다. 그때마다 수천만 원에서 수억 원씩 두둑한 돈이 들어왔기 때문이다. 그리고 누구도 그걸 문제 삼지 않았다.

"아니, 그러니까 조항에는 그 구상권을 청구할 수 있다고……."

한참을 머리를 굴려서 나온 변명은 궁색하기 그지없었다.

구상권을 청구해야 한다는 게 아니라 청구할 수 있다고 되어 있었기 때문이다.

그건 사실이다. 왜냐하면 이게 실수인지 아니면 고의인지에 따라 달라지기 때문이다.

누가 봐도 명백한 실수라면 그걸로 구상권을 청구하는 게 가혹한 일이 된다. 그런 경우에는 상황에 따라 구상권을 청구하는 게 의미가 없어지는 탓이다.

일단 구상권을 청구해 봤자 그걸 받아 낼 가능성이 별로 없다. 하지만 누가 봐도 이건 명백한 범죄라면 그 구상권을 청구하는 건 당연한 일이었다.

하지만 주항만은 다르게 생각했다, 자신에게 뇌물을 주면 구상권 청구를 안 하고, 반대로 뇌물 안 주면 구상권을 청구하는 식으로.

왜냐하면 규정에 '구상권을 청구할 수 있다.'라고 되어 있으니 판단은 자신이 하는 거라고 생각했기 때문이다.

그러나 홍보석은 그걸 그렇게 생각하지 않았다. 아니, 누구도 그렇게 생각하지 않았다.

'미친 새끼 아니야, 이거?'

전에 누군가가 그랬던가, 자신은 헌법보다 더 위에 있는 위대한 인물이니 나한테 개기지 말라고.

그런데 그런 말을 한 놈이 유명 정치인이나 대통령도 아니었다. 그렇다고 재벌집도 아니었다. 고작 지방의 농협 대표일 뿐이었다.

그리고 그는 자신이 헌법보다 위에 있다고 주장하면서 직원들을 패고 성추행했다. 심지어 경찰에게도 자신은 헌법보다 위에 있다고 주장했다.

그리고 지금 조사받고 있는 이 주항만이 딱 그런 인간이었다.

"그걸 왜 당신이 결정해요?"

"네?"

"당신이 구상권을 청구할지 말지를 왜 결정하느냐고요!"

"그거야 제가 그걸 담당하는…….."

"아니죠. 당신이 결정하는 건 집행이죠."

그가 주택공사의 세무를 담당하는 사람인 것은 사실이다. 하지만 그게 세무에 대한 결정권을 가졌다는 뜻은 아니다.

"당신이 주택공사 1년 치 예산을 결정해요? 아니잖아요?"

"…….."

당연히 아니다. 그는 그저 결정된 대로 실행하고 집행할 뿐이었다.

"그런데 그걸 왜 당신이 결정해요?"

"그게…….."

"뭐, 일단은 어쩔 수 없네요."

"어쩔 수 없다니요?"

그 말에 주항만은 순간 흠칫했다. 자신을 교도소에 넣는다는 소리일까?

'아니야. 그럴 리가 없어.'

자신이 아는 한 이 정도로 교도소에 자신을 보내는 건 무리다. 상담한 변호사도 분명히 그랬다, 이건 아무리 잘해 봐야 집행유예라고.

하지만 돌아온 답변은 그것보다 더 무서운 말이었다.

"당신한테도 구상권이 청구될 거예요."

"나한테 말입니까?"

"당신 때문에 받을 수 있는 돈도 받지 못하게 생겼으니까."

그 말에 주항만은 흠칫했다. 자신이 많이 챙겨 먹은 건 사실이지만 받지 못한 돈을 생각하면 전 재산을 다 토해 내도 남는 게 거의 없었으니까.

"사…… 살려 주세요! 당장 토해 내게 하겠습니다."

"아니, 이미 늦었어요."

홍보석은 어깨를 으쓱하며 말했다.

"대통령실에 보고가 올라갔거든요. 감사원에서 하나부터 열까지 다 털 겁니다."

그 말에 주항만은 절망했다.

"으아아아!"

그러나 누구도 그를 불쌍하게 여기지 않았다.

나는 기본만 지키면 터치 안 해

주택공사 건물.

이른 아침에 사람들은 불안한 눈빛으로 출근하고 있었다. 그들의 시선은 건물 앞에 있는 붉은 흔적에 가 있었다.

그 순간, 어디선가 아련한 비명이 들려왔다.

"으아아아아!"

그러자 사람들은 거의 본능적으로 이리저리 뛰기 시작했다.

그리고 그와 동시에 철퍼덕하고 뭔가 터져 나가는 소리가 터져 나오더니 그 주변으로 비명이 마치 물결처럼 퍼져 나갔다.

"꺄아아악!"

"으아아악!"

노형진은 보고를 받으면서 혀를 끌끌 찼다.

"그래서 또 자살이라고?"

"그래, 벌써 몇 번째지? 아홉 번째인가?"

"열한 번째."

"아니, 뭔 놈의 심보야? 죄다 공사 건물에서 뛰어내리던데?"

"자살도 유행이거든. 그렇잖아도 뒤숭숭한데 거기다 한 명이 시작하니까 죄다 자살하는 거지."

노형진은 오광훈의 말에 시큰둥하게 말했다. 그들이 자살하든 말든 관심도 없다는 태도였다.

그런 노형진을 보면서 홍보석이 걱정스럽게 물었다.

"노 특검님, 이대로 놔둬도 되는 건가요? 아무리 생각해도 위험해 보이는데…….

"뭐, 놔두세요. 어차피 하지 말라고 해도 안 할 것도 아니고."

"하지만…….

"하지만이 아닙니다. 저놈들이 자살하는 이유가 뭐겠어요? 억울해서? 그럴 리가요."

진짜 억울하게 죄를 뒤집어씌우려고 했다면 문제가 되겠지만 자살한 놈들은 이미 내부에서 해 처먹어도 너무 많이 해 처먹어서 꼬리 자를 수가 없어서 자살하는 놈들이다.

전이라면 잠깐 교도소에 갔다 왔다가 또는 집행유예로 풀려나고 느긋한 삶을 살 수 있었지만 이제는 노형진 때문에 모든 걸 잃어버리고 있었다.

"아무리 그래도 그렇지, 이혼까지 동시에 진행하는 건 좀 잔인하지 않아요?"

"애초에 그 새끼들은 그렇게 죽어도 싼 놈들입니다. 가난한 사람들의 고혈을 빨아먹고 건물이 무너져서 뒈져도 그만이라고 생각하는 놈들인데 이혼이야 아주 간단한 거 아닙니까?"

노형진은 단순히 특검만 하는 게 아니었다. 그가 수사 대상이 되면 새론을 통해 이혼 관련 소송을 진행하게 했다.

그리고 그런 경우 거의 대부분의 상황에서 부부는 이혼소송에 들어갔다.

왜냐하면 일단 사회적 범죄를 저지른 귀책사유가 일한 당사자에게 있는 데다가 아직 그 판결이 나지 않은 상황에서 이혼하면 퇴직금이나 연금은 분할 대상이라 받아 낼 수 있지만 판결된 후에는 분할하지 못한다는 말에 다른 사람이 주저하지 않고 이혼을 선택했던 거다.

감옥에 갈 뿐만 아니라 이혼당하고 전 재산도 빼앗기게 생기자 멘탈이 박살 난 범죄자들이 넘쳐 났는데, 그때 그중 한 명이 건물에서 뛰어내려서 자살하자 마치 유행처럼 너도나도 주택공사 건물에서 뛰어내려서 자살하는 게 퍼지기 시작한 것이다.

"도대체 문을 잠갔는데 그건 또 왜 뚫고 들어가고 지랄이야?"

당연히 주택공사에서는 자살을 막기 위해 옥상을 잠갔지만 그걸 뚫고 들어가서 자살했던 것.

"항의겠지. 왜 지금까지는 자기들을 지켜 줬으면서 이번에는 안 지켜 주냐, 그런 거."

노형진은 어깨를 으쓱하면서 말했다.

"물론 그런다 한들 내가 멈출 생각은 없지만."

백 명이 죽든 천 명이 죽든 그건 알 바 아니다. 남의 목숨으로 장난친 놈들이니까.

"원래 범죄자들이 가장 많이 하는 게 그거잖아? 안 봐주면 나 자살한다."

실제로 그게 무서워서 처벌을 안 하면 누구도 처벌하지 못하는 세상이 될 거다.

"그건 그렇죠."

홍보석조차도 고개를 끄덕거렸다.

자신은 불쌍한 사람이라고, 용서해 주면 다시는 안 그런다고, 처벌을 받느니 차라리 집에 가서 자살하겠다는 놈들이 얼마나 많은지 아마 대부분은 모를 거다.

"그런데 언론에서 좀 안 좋게 생각하던데요?"

"당연한 거 아닙니까? 그 새끼들이랑 같이 해 처먹던 놈들이 지금쯤 난리가 났을 텐데."

아는 기자들이 언론사들을 통해 특검에 압박을 넣으려고 눈깔이 뒤집어져서 길길이 날뛰고 있을 거다.

"무시하세요. 우리는 우리 일만 하면 됩니다."

"네."

"그나저나 이제 고위직은 어느 정도 정리된 것 같은데."

설계와 관련해서, 뇌물과 관련해서, 그리고 구상권과 관련해서 털어 내기 시작하자 끝도 없이 나왔다.

설계했던 놈들의 전화를 탈탈 털어 내자 주택공사의 주요 인물들, 심지어 사장 전화번호까지 튀어나왔고 그들은 하나같이 '나는 모른다.'라고 하고 있었지만 이미 그들의 죄는 어느 정도 추적되고 있었다.

"설계 문제는 아마 큰 문제 없이 정리될 것 같아."

설계 오류가 인정된 이상 아무리 주택공사라고 해도 보강 공사를 하거나 최악의 경우에 새로 지어서 올려야 한다.

"그런데 현장이 남았네요."

"정확하게는 두 개가 남았죠."

"두 개요?"

"첫 번째, 현장에서 원자재의 횡령. 두 번째, 어떻게 보면 이게 가장 큰 문제가 될 텐데, 정보의 빼돌림."

"확실히……."

오광훈이 고개를 끄덕거렸다.

"원자재의 횡령이야 현장에서 저지르는 거니까 어찌어찌 추적이 가능하겠지만 정보를 빼돌리는 건 절대 쉬운 문제가 아니네."

일단 설계 단계에서 빼돌리는 게 30%, 그리고 현장에서 설계 변경으로 30%, 거기다가 인부나 감독관이 빼돌리는 10%까지 해서 총 70%가 빠진 순살 아파트.

물론 이건 좀 심하게 빼돌린 거긴 하지만 그래도 선을 넘은 건 사실이다.

"지난번에 어떤 건축 업자가 그러더라, 자기는 원래 양보다 20% 이상을 무조건 추가로 넣는다고."

"나 같아도 그러겠다."

오광훈의 말에 노형진은 고개를 끄덕거렸다. 그러지 않으면 건물이 무너질지도 모르니까.

즉, 건설업에 종사하는 설계자들조차도 최소한 20% 이상은 빼돌리고 건축할 거라는 걸 감안하고 설계한다는 소리다.

"하기야, 인터넷에서도 그 이야기가 나오기는 했었죠."

어떤 설계 업자는 자신이 설계할 때 자재를 30% 이상 더 넣는다. 일단 빼돌리는 양에 여유분의 원자재를 더해서 안전을 확보하기 위함이란다.

하지만 완성된 걸 보면 보통 10%에서 20%가 빠진다던가? 넉넉하게 넣어 봤자 '이야, 이러면 넉넉하니까 더 빼돌려도 되겠네?'가 된다던가? 그래서 결과적으로 들어간 양은 130%인데 남는 양은 80%나 90%란다.

말로는 튼튼하다고 주장하지만 폭우가 내리는 날 신나게 콘크리트를 치고, 그것만으로도 부족해서 거기에 다시 물까지 탄다던가?

"그나마 감리를 외부로 바꾸고 나서는 좀 나아지기는 했는데 말이지."

"그렇다고 완전히 나아지지는 않더라고요."

"그럴 겁니다. 현실적으로 부패한 놈들은 어디에나 있으니까요."

노형진이 송정한을 설득해서 감리에 대한 법을 바꾸기는 했다. 하지만 그것과 별개로 뇌물과 로비를 받아 처먹고도 눈감고 모른 척하는 감리들이 넘쳐 났기에 그들을 막기 위해 노력하는 건 쉬운 일이 아니었다.

"더군다나 주택공사는 모든 건설사에 있어서 절대적 갑이니."

주택공사는 건설 회사가 아니다. 계획을 짜고 설계하고 그걸 하청을 주는 곳이다.

그렇다 보니 A라는 회사가 공사하는 곳의 감리를 B가 하고 있어도 어딘가는 반대로 B라는 회사가 공사하고 A라는 회사가 감리하는 구조인 데다가 그 위에는 무조건 주택공사가 있으니 그런 감시 시스템의 경우는 구조적으로 어떤 효과도 없는 게 현실이었다.

"일단은 현장으로 가 보자."

노형진은 쓰게 웃으며 말했다.

"가 보지 않고 현실을 말할 수는 없으니까 말이야."

건설 현장은 뒤숭숭하기 그지없었다.

아무리 하청을 줘서 현장에 대해 딱히 조사하러 올 게 없다고 하더라도 일단 원청인 주택공사가 뒤숭숭하니 어찌 보면 당연한 일이었다.

"그…… 저희는 아무런 문제도 없습니다, 헤헤헤."

노형진이 등장하자 비굴하게 웃는 감독관. 그런 그를 보면서 노형진은 혀를 끌끌 찼다.

'아무런 문제도 없기는 개뿔.'

노형진은 자신의 눈치를 보는 감독관을 보면서 속으로 비웃음을 날렸다. 만일 진짜로 아무런 문제가 없다면 감독관이 이렇게나 노형진의 눈치를 볼 이유가 없다.

'당황스럽겠지.'

보통 특검이나 검사가 주택공사를 뒤집을 때 현장은 건드리지 않는다. 왜냐하면 아는 게 없기 때문이다. 이게 이 현장에서 정상인지 비정상인지 판단할 경험이 없으니까.

그래서 대부분의 특검이나 검찰의 수사는 사무실에서 종이나 모니터를 보면서 이루어진다.

'일본 드라마 중에서 '모든 범죄는 사무실에서 이루어진다.'라고 말하는 드라마가 있었지?'

물론 범죄는 범죄 현장에서 이루어진다. 하지만 그걸 처리하는 검사들에게 있어서 모든 증거는 서류화되어서 제공되고 검사들은 그걸 보면서 판단한다.

현장에 가서 열심히 확인하는 검사? 애초에 거의 없다시피 하고 설사 있다고 해도 별종 취급이다.

오광훈이 달리 별종 취급받는 게 아니다. 어차피 현장에 가 봐야 검사들은 현장에 대해 잘 모르기 때문이다.

검사들은 자기들 입으로는 '우리는 모든 것을 다 알고 우리는 모든 것의 전문가다.'라고 주장하지만 애초에 말이 안 되는 소리다.

그렇다 보니 현장에 대한 조사는 거의 제대로 이루어지지 않고 서류상으로 장난치는 극히 일부만 처벌된다.

'그렇지만 이번에는 그렇게 넘어갈 수가 없지.'

이번에도 그러면 계속 그럴 테니까 한번 수사 기법을 전달한 후에 수사하면 그만이다. 그리고 그 수사 기법이라는 것은 딱히 별게 없었다.

"야, 저 사람들 왜 저렇게 퀭하냐?"

오광훈은 함께 온 사람들을 보면서 고개를 갸웃했다.

그들은 수사관이 아니었다. 그들은 감리사들과 노동청에서 안전관리를 하는 공무원들이었다.

그들은 하나같이 눈이 퀭한 채로 당장이라도 쓰러질 듯 보였다. 하지만 그것과 별개로 그들의 눈에서는 분노가 활활 불타오르고 있었다.

"아, 그거? 내가 엄포를 했거든."

"엄포? 무슨 엄포?"

"규정대로 안 하면 뇌물 받아먹은 걸로 알고 수사 대상으로 올린다고 했지."

"규정대로 하라고 했다고 저 꼴이 난다고?"

오광훈은 이해가 안 간다는 듯 눈을 찡그렸다. 그러자 노형진이 피식 웃었다.

"넌 법 다 아냐?"

"응? 아니지?"

"그러면 나는 다 알까?"

"글쎄? 그건 무리 아닐까?"

아무리 검사라고, 변호사라고 해도 모든 법을 다 아는 건 아니다.

물론 어떤 법을 어디다가 적용하는 정도인지에 대해서는 잘 안다. 하지만 그 법조문을 다 아는 건 아니었다.

그래서 사건이 들어오면 그 사건에 대해 확인하고 그게 대충 어떤 법에 적용될지 예상한 다음 그 법과 관련된 내용을 확인하는 게 주요 업무 중 하나였다.

물론 자주 쓰는 법이나 예민한 법 같은 거야 알겠지만 현실적으로 모든 법에 대해 다 아는 것은 불가능하다.

실제로 실력 좋은 변호사나 검사는 어떤 경우에 어떤 법을 적용하는지 알아야 한다.

"그런데 그 수많은 조항을 과연 저런 감리사들하고 안전 감독관이 알까?"

"웅?"

그 말에 옆에서 조용히 대화를 듣고 있던 홍보석이 먼저 알아들었다.

"그걸 경고하신 거군요."

"그거라니?"

"전에 아는 친구한테 들었어요, 감리나 감독을 할 때 규정 대로 하면 너무 빡빡해서 진짜로 답이 없는 경우가 있다고."

그래서 보통은 크게 문제가 될 만한 것에 대해서만 기억해 두고 나머지는 은근슬쩍 넘어가는 경우도 많다고.

"그런가?"

"예를 들면 너, 가게에 가서 보면 막 영어만 써진 간판 봤 지? 메뉴도 다 영어로 써 두고."

"봤지?"

"그거 불법인지는 아냐?"

"웅? 영어 간판이 불법이야?"

"웅, 불법이야."

법적으로 영어만 적힌 간판은 불법이다. 다만 그 영어 간 판으로 특허청에 등록되거나 한다면 합법이다.

규정대로라면 영어 간판 옆에 작게라도 한글로 간판을 달 아야 한다.

그건 메뉴판도 마찬가지.

멋들어지게 영어로 써 뒀어도 그 옆에 한국어 상품명을 써 놔야 한다. 하지만 일부 업장에서는 그게 자기네 업장의 품격을 낮춘다면서 아예 한글 자체를 못 쓰게 하는 경우도 있다.

"그게 불법이었어? 오…… 잡을 놈들 많네?"

"많지, 그런 거야."

불법이지만 굳이 그런 걸 문제 삼는 경우는 드물다. 왜냐하면 공무원 입장에서는 일만 많아지는 거고 딱히 그게 안전과 관련된 것도 아니니까.

그렇잖아도 조항이 한둘이 아닌데 그걸 다 물고 늘어지려고 하다 보면 답이 없는 수준이기 때문이다.

"그런데 건설 쪽은 어쩔 것 같아?"

"아아~ 무슨 소리인지 알겠네."

그건 감리나 감독관도 마찬가지다.

"당장 음…… 여기 봐 봐."

노형진은 한쪽에 쌓여 있는 철근을 가리키며 말했다.

"이거 부식된 거 보이지? 이거 사용 금지 품목이거든."

"뭐? 하지만……."

"그래, 거의 모든 공사장에는 부식된 철근이 산더미지. 대놓고 그걸 사용하기도 하고."

그걸 사용하면 안 되는 불법이지만 그렇다고 아주 큰 불법이라고 보기에는 또 애매한 것도 있으니까.

이것이 법이다

더군다나 그렇잖아도 자주 쓰는 물건인데 그걸 보관하기 위해 임시 건물을 만들 수도 없으니까.

철근을 내려 둘 때 덮을 게 없다면 그냥 쏟아 두면 그만이지만, 지붕이 있는 건물이라면 그걸 사람이나 장비를 이용해서 들어서 옮겨 넣었다가 필요할 때마다 꺼내 써야 하는데, 그러면 돈도 더 들고 귀찮으니 그냥 쌓아 두고 사용하는 거다.

그리고 그런 경우에 철근은 비와 바람에 그대로 노출되어서 얼마 가지 않아 이렇게 부식된다.

"그래서 굳이 그걸 다 잡지는 않거든."

그걸 진짜로 다 잡기 시작하면 전국의 모든 건설 현장이 멈출 테니까.

"그래서 내가 그랬지, 규정대로만 하시라고. 딱! 규정대로만."

"아아~."

딱 규정대로만 해라.

어떻게 보면 가장 무서운 말이다. 그리고 그 규정대로 하기 위해서는 감리사도, 그리고 안전 감독관도 밤을 새워 가면서 규정집을 하나하나 확인하고 공부하고 외워야 했을 거다.

평소에 신경 쓰지 않는 것에 대해서도 확실하게 해 두지 않으면 나중에 노형진에게 뇌물 받은 거 아니냐며 이 잡듯이 조져질 테니까.

그랬기에 저들의 눈에 분노가 이글거리는 거다. 노형진의 경고 아닌 경고에 이를 박박 갈면서 며칠에 걸쳐서 규정집을 외워야 했으니까.

그리고 그걸 외운 이상 그냥 넘어갈 리가 없다.

"와, 뭐 이게 그런 건가요? '나는 기본만 지키면 터치 안 해'?"

"아니, 홍보석 검사님이 그 말을 어떻게 아세요?"

'기본만 지키면 터치 안 해.'라는 말은 군대에서 자주 장교들, 특히 행보관이 쓰는 말이다. 즉 최소한의 규칙만 지키라는 건데, 문제는 이 최소한의 규칙이라는 게 쉬지 말라는 의미기 때문에 병사들은 치를 떤다.

휴식 군기를 지키기 위해 청소해야 하고 일단 일광소독도 해야 하고 총기도 소지해야 하고 군인답게 체력 단련도 좀 해 줘야 하고 슬리퍼 각도 잡아야 하고 관물대 청소도 다 해야 하고 짱 박힌 식품도 없어야 하고, 그러면서 전투 체육도 좀 해야 한다는 뜻이다.

즉, '난 기본만 지키면 터치 안 해.'라는 말은 '나는 너희가 쉬는 꼴은 못 보겠다.'라는 말의 다른 표현이다.

"남자 사람 친구들이 종종 그 말을 하더라고요. 그때는 무슨 말인지 몰랐는데 들어 보니까 이게 딱 그거 아니에요?"

"맞습니다. 저는 기본만 하면 딱히 터치 안 합니다."

다만 그 기본을 지키기 위해서는 저들이 갈려 나가야 하지만.

"와, 악마."

그리고 오광훈은 그런 노형진을 보면서 혀를 내둘렀다.

이것이 법이다

'기본만 지키면 터치 안 해.'

그리고 그 기본은 살벌하다 못해 숨도 못 쉴 정도였다.

그간 감리도, 그리고 안전 감독관도 좋은 게 좋은 거라고 슬금슬금 넘어가던 것도 바로 앞에서 눈을 부라리고 있는 노형진 때문에 넘어갈 수가 없었다.

노형진이 어떤 인간인지는 소문이 파다하니까 뇌물 받았으면 지금 저기 주택공사에서 매일같이 뛰어내리는 사람들처럼 똑같이 자살해야 할지도 모르고, 설사 그게 아니라고 할지라도 일을 제대로 못 한 책임을 물어서 옷 벗고 어디 지방에 내려가거나 최소한 업무상 배임을 처벌받게 될 게 뻔하기에 그들은 현장에서 하나부터 열까지 하나하나 꼬투리 잡았다.

"이거 뭡니까? 이거 전기선 처리를 왜 이따위로 해요? 누구 하나 감전시키려고 작정했어요?"

"시멘트를 이렇게 바닥에 쌓아 놔요? 아니, 비 맞으면 이거 못 쓰는 거 몰라요?"

"이야, 안전장치 봐라. 이거 흔들면 빠지겠네."

"계단에 적치물, 이거 뭡니까?"

"열풍기가 없네요? 이런 날씨에는 열풍기로 건조시키는 게 규칙일 텐데? 비 오는 날 열풍기 안 써요?"

"여기 이거 구멍 뭐예요? 이거 혹시 개구멍 아닙니까? 여기로 원자재 빼돌린 겁니까!"

하나부터 열까지 물고 늘어지기 시작하자 얼굴이 현장감독의 얼굴은 노래졌다. 평소에는 자기도 모르고 있던 규정들이 튀어나오면서 모두 하나하나가 문제가 됐기 때문이다.

"이거 아무래도 안 되겠는데요?"

그리고 드디어 노형진이 여기에 굳이 안전 감독관을 데려온 이유가 드러났다.

노형진이 그냥 심심해서 그들을 데려온 것일까? 아니다.

그러면 그냥 꼬투리 잡고 싶어서? 아니, 그것도 아니다.

"여기 안전 규정 위반으로 공사 정지 처분을 내리겠습니다."

검사가 할 수 없는 권한. 그게 바로 현장의 공사 정지 처분이었다. 그리고 안전 감독관에게는 그걸 내릴 권한이 있었다.

"아니요! 안 됩니다! 제발, 그것만은!"

"그러면 일을 똑바로 하든가요."

눈이 붉게 충혈된 감독관이 아주 단호하게 말했다.

"이거 다 시정될 때까지 공사 불가입니다."

"저 잘립니다! 제발요!"

"아니, 그건 내 알 바 아니고."

건설 감독이 잘리든 말든 그건 알 바 아니다. 여기서 어설프게 하면 결과적으로 자기가 잘리니까.

"일하려면 제대로 하셔야지요."

안전 감독관은 단호하게 말했다.

"무기한 공사 중지!"

그 말에 현장감독관은 그대로 털썩 주저앉았다.

노형진이 그곳에 왜 안전 감독관을 데려갔을까? 진짜로 안전 문제를 걸고넘어지려고?

물론 그런 것도 있다. 하지만 가장 강력한 증인을 데려오 기 위해서였다.

과연 이런 사건에서 가장 강력한 증인은 누굴까?

자기 죄가 걸리면 모가지가 날아가는 주택공사의 직원들?

아니면 위에서 시키면 시키는 대로 하던 현장의 노동자들?

당연히 아니다. 이런 사건에서 가장 잘 아는 확실한 증인 은 다름 아닌 건설사다.

뇌물을 줘야 하고 접대를 해야 하며 들어가는 물자를 계산 하고 경비를 계산하는 곳이 다 그러한 건설사들이니까.

그렇기에 건설사들이야말로 가장 강력한 증인이고 사실 절 대다수의 경우에 결정적 증거들은 모두 건설사가 쥐고 있다.

'문제는 이놈들이 내놓을 생각을 안 한다는 거지.'

그걸 내놓으면 공사에서 부패한 세력을 한 방에 일소하고 날려 버릴 수 있겠지만 절대 갑이 바로 주택공사다 보니 건 설사들은 절대로 증거를 내놓지 않는다.

그랬다가는 밉보여서 다시는 하청을 받지 못하게 되기 때문이다.

물론 하청 없이도 살 수 있는 기업들도 있지만 하청의 규모는 무시할 게 못 되고, 설사 하청을 안 받으려고 할지라도 현실적으로 주택공사는 권력자들과 아주 밀접한 관계가 있기에 그들이 권력자들에게 가서 '저 새끼들이 마음에 안 드는데 한 번만 조져 주세요.'라고 요청하면 세무조사에서부터 온갖 더러운 꼴을 당하기에 찍소리도 못 했다.

'하지만 이제 상황이 달라졌지.'

왜냐하면 하청을 받는 순간부터 회사는 건설에 관련된 모든 책임을 져야 하기 때문이다.

단순히 완성된다는 게 아니다. 일정이 틀어지면 추가 공사비가 발생하는데 그것도 책임져야 한다.

그런데 일정이 생각보다 많이 틀어져서 입주에 문제가 생기면?

당연히 입주를 못 한 계약자들이 살 수 있는 곳도 결국 그 공사를 한 건설 회사의 책임이 된다.

건설 회사들이 안전이고 나발이고 다 쌩까 버리고 '빨리빨리'를 외치는 이유가 바로 그거다.

'그런데 지금 현장이 무기한 작업 중지란 말이지.'

그 말은 하루하루 지날수록 수십억의 적자가 쌓일 거라는 뜻이다. 더군다나 이 경우는 회사가 실수한 거지 공사가 실수한 게 아니기에 그 책임도 회사가 져야 한다.

적당하게 한두 달 정도만 건설 현장을 멈추게 할 수 있다면 수익을 제로로 만들 수 있고, 그걸 계속 꼬투리 잡으면 회사가 파산할 정도로 몰아붙일 수도 있다.

그 사실을 알기에 건설 회사들은 다급하게 매달릴 수밖에 없었다.

"노 변호사님, 저희가 최선을 다할 테니까 한 번만⋯⋯."

"저는 지금 변호사가 아닙니다. 특검이에요. 그리고 제가 당연히 최선을 다해야 하는 일인데, 왜 당신들이 최선을 다한다고 말합니까?"

"그게 아닙니다. 제발 건설 현장의 무기한 작업 정지만 풀어 주시면⋯⋯."

"아니, 그러니까 그건 내 권한이 아니라니까요."

안전 감독관이 확인해 보고 '이거 위험해서 안 되겠다.'라고 생각해서 판단한 거지, 엄밀하게 말하면 노형진이 안전 감독관에게 '여기 공사 멈추세요.'라고 말한 것은 아니었다.

실제로 아주 극소수지만 철저하게 규정을 지켜서 상대적으로 걸린 게 적은 곳들은 약간의 위반 사항에 대한 시정 명령만 떨어졌지, 공사 현장에 대한 작업 금지가 떨어지지는 않았다.

문제는 그런 곳이 아주 극소수라는 것이었다.

"그⋯⋯ 저희가 최선을 다해서 고치고 있습니다."

문제는 그러지 않는 회사들이다. 지적받은 곳에 대해 최선을 다해서 고치고 있지만 그게 하루 이틀이 걸리는 문제도 아니고, 애초에 이런 꼬투리는 잡으려고 하면 진짜 끝도 없이 나올 수밖에 없었다.

　더군다나 이걸 조사를 해 가면서 고칠 수 있는데 무작정 일단 작업 금지를 해 버린 바람에 매일같이 발생하는 손해는 하청받은 기업들 입장에서는 날벼락도 이런 날벼락이 없었다.

　"박 이사님, 제가 말씀드렸죠? 이건 제 권한이 아니라고요. 안전 문제 아닙니까, 안전."

　"저희는 안전하게 한 겁니다. 실제로 저희 안전사고는 없었습니다."

　"안전사고 나지 말라고 규정을 만든 거예요. 그러니까 안전사고가 없었죠. 그런데 그걸 어기겠다고 하면 더더욱 공사 진행은 할 수가 없죠."

　그 말에 박 이사는 미칠 것 같았다.

　'환장하겠네.'

　위에서는 어떻게든 작업 개시를 명령받아 오라고 했다. 그래서 작업 중지 명령을 내린 안전 감독관에게 찾아가서 읍소라도 해 보려고 했다.

　하지만 그 안전 감독관은 '노형진이 자신을 지켜보고 있는 이상 나는 진짜로 규정대로 할 수밖에 없다. 우리가 거기에 가기 전에도 규정대로 하지 않으면 처벌할 수밖에 없다고 엄포를 놨다.'라고 딱 선을 그었다.

평소 모르는 사이도 아니고 서로 두둑하게 돈이 오갔기에 별문제가 없을 거라 생각했지만 애석하게도 그 감독관은 이번만큼은 방법이 없다고 선을 그었다.

"최소한 저희가 그 고칠 수 있는 시간이라도 좀……."

그나마 유일한 방법은 한쪽에서 공사하면서 다른 한쪽에서 문제가 되는 것을 막는 것이었다. 그러면 공사가 좀 늦어지더라도 공사를 아예 못 해서 피해가 하루하루 늘어나는 것보다는 훨씬 나은 상황이니 선택지는 그것뿐이었다.

'젠장.'

문제는 그러기 위해서는 공사 중지 명령을 풀어야 하는데 그것과 관련해서 감독관들이 눈치를 보고 있다는 것이었다.

그럴 수밖에 없었다. 이미 구상권을 이용해서 어떻게 주택 공사의 사람들을 조져 놨는지 봤기 때문이다.

물론 공식적으로는 자기들이 수사 대상은 아니라는 걸 알지만 그렇게 호락호락하게 넘어가 줄 노형진이 아니라는 게 모두에게 소문나 있었기에 그들은 알게 모르게 노형진의 눈치를 볼 수밖에 없었다.

"그…… 한 번만 봐주시면 저희가 최선을 다해서 한번 모시겠습니다."

"박 이사님, 지금 그게 무슨 말입니까? 그러니까 나보고 접대받고 먹고 떨어져라, 이겁니까? 와, 이거 특검이 얼마나 만만해 보였으면? 어이없네. 박 이사님, 지금 전쟁하자는 거 죠? 어디 마이스터랑 전쟁해 볼래요?"

"허억! 그게 아닙니다! 말이 잘못 나온 겁니다! 진짜입니 다! 최선을 다해서 모신다는 게 아니라 최선을 다해서 안전 하게 집을 짓겠다는 말이었습니다! 죄송합니다!"

딴생각을 하다가 엉뚱한 실수를 한 박 이사는 똥줄이 바짝 바짝 탔다.

'내가 미쳤냐고.'

만일 접대해 줘서 풀리는 인간이라면 이런 문제는 없었을 거다. 하지만 그렇게 해서 풀릴 인간이 아니다. 도리어 진짜 작심하면 자기네 건설사 하나쯤 날려 버리는 건 일도 아닌 인간이다.

'내가 어쩌자고 이런 실수를.'

박 이사는 다급한 마음에 필사적으로 매달렸다.

"오해하지 말아 주세요! 제가 말이 잘못 나온 겁니다. 저 희는 언제나 최선을 다해서 건물을 짓습니다."

"그래요? 하지만 제가 알아본 바에 따르면 박 이사님네 회 사만 그런 것 같네요?"

"네?"

"박 이사님네 회사에 돈 달라고 하던 인간들이 있는 걸로 알고 있는데요? 그놈들은 건물을 최선을 다해서 안전하게 짓는 데에는 관심이 없는 것 같더라고요."

싱글벙글 웃는 노형진의 말에 박 이사는 소름이 돋았다.

'이 새끼 이거!'

자기들이 가진 명단을 내놓으라는 의미였기에 박 이사는 숨이 턱 하니 막혔다.

명단은 중요한 거다. 자기들이 관리하는 명단은 단순히 자신들과 친한 사람들의 명단이 아니다.

누구에게 얼마를 줬고 어디서 어떻게 접대를 했다는 기록이 다 적혀 있다.

물론 대외적으로 그런 건 없다고 이야기하지만 그게 없을 리가 없다. 왜냐하면 그건 평소에는 좋은 관계를 유지할 수 있는 사람을 구분하기 위한 명단이지만, 최후의 그리고 최악의 순간 자기들이 살기 위해 들이밀어야 하는 무기이기도 하기 때문이다.

그런데 지금 노형진은 그걸 내놓으라고 하는 거다.

"그런 거 없습니다."

"네? 무슨 말씀이신지? 저는 그냥 안 좋게 생각하시는 분들이 있다고 말씀드린 겁니다만."

노형진은 다 안다는 듯 싱글벙글 웃으며 말했다.

'내가 당신 머리 위에 있지, 후후후.'

기업들이 그런 명단을 안 만들어 둘 리가 없지만 동시에 그걸 주려고 하지도 않을 거다.

물론 그걸 제출하는 순간 자기들이 뇌물 공여죄로 처벌받는 것도 있지만 그들 중 누군가가 살아남는다면 더 높은 곳으로 갈 기회가 되기 때문이다.

'과거에 청계가 어떻게 살아남았는데.'

청계는 범죄를 설계해 주고 그걸 통해 수익을 내고 권력을 확고하게 했다.

이 기업들에도 마찬가지다. 운이 좋아서 이 파란을 이겨 낸다면 상당수 윗자리가 빌 테고 그 빈자리에 자신들이 투자했던 놈들이 올라갈 거다.

그리고 그러면 더 많은 돈을 챙길 수 있다는 계산하에 절대로 그걸 공개하려고 안 할 거다.

"저희는 그런 사람이 있다는 걸 모릅니다."

"그래요?"

노형진은 그 말에 피식 웃었다. 물론 지금은 그렇게 말한다. 하지만 그게 얼마나 갈까?

'오래 못 갈걸, 후후후.'

⚖️

노형진이 그렇게 확신한 이유는 간단했다. 이미 작업에 들어간 게 있기 때문이다.

동토건설.

소문의 D등급 아파트를 지은 곳으로, 어느 곳보다 많은 돈을 빼돌린 곳이었다.

그리고 얼마 지나지 않아 그 동토건설에 대한 충격적인 소식이 터져 나왔다.

동토건설 1차 부도

동토건설. 나름 중견이라 불리는 곳이 부도가 났다는 소식은 충격으로 다가왔다. 그리고 그 이유 역시 엄청나게 충격적이었다.

"그러니까 피해자들이 회사의 계좌를 압류했다고?"

"네, 회장님."

박 이사는 뭔가 충격을 받은 얼굴로 보고하면서 침을 꿀꺽 삼켰다.

"그 모든 게 노형진 변호사, 아니 노형진 특검이 설계한 거랍니다."

"끄응…… 확실히…….."

그게 불법은 아니다. 그리고 가압류가 이루어진 이상 돈을 내줄 수는 없다. 문제는 건설사에 있어 자금 유통에 관한 부분은 생명줄이나 다름없다는 거다.

1차 부도가 났다는 것은 어음에 대한 돈을 주지 못한다는 뜻이다. 계좌에 돈이 있다는 건 중요한 게 아니다. 그걸 꺼내지 못하는 거니 아주 높은 확률로 2차, 3차 부도로 넘어갈 수밖에 없다.

　부도가 날 수밖에 없다는 걸 안 시점에서 은행도 대출연장을 안 해 주니까.

　"아니, 어쩌면 은행에서 대출 상환을 위해 소송할지도 모릅니다."

　"그러면 우리는?"

　"우리도 어떻게 될지는……."

　물론 자신들은 동토건설과는 다르다. 동토건설은 빼돌려도 너무 많이 빼돌린 반면 자신들은 나름 적당하게 빼돌렸다.

　아니, 그렇게 믿고 있었다.

　"하지만 그마저도 저희가 어떻게 되는지에 따라 달라집니다. 아시겠지만 지금 건설 현장이 일주일째 멈춘 상태라……."

　"아니, 내가 깔끔하게 처리하라고 했잖아! 아직도 처리 못한 거야!"

　"그게 그렇게 쉬운 일이 아닙니다."

　자잘한 것은 그나마 어떻게든 고칠 수 있다. 하지만 구조적으로 힘든 일들이 있었다.

　"당장 철근하고 시멘트를 보관할 수 있는 장소를 찾고 있습니다만."

　"큭."

　밖에 보관하던 철근과 시멘트가 문제였다. 그나마 시멘트는 아직 건설 중인 1층에 보관하면 비는 피할 수 있지만 철근은 그 기다란 길이 때문에 원하든 원치 않든 그걸 보관하기 위한 별도의 건물을 임시로라도 지어야 했다.

"천으로라도 지어서 올려야 할 거 아니야!"

"그렇게 기다란 천막이 주문된 적이 없어서 몇 개를 붙여서 만들고 있다고는 하는데 그것도 2주는 걸린답니다."

"젠장."

"대표님, 문제는 그것만이 아닙니다. 저희가 그걸 고친다고 해도……."

"해도?"

"마이스터가 뭔 짓을 할지 모릅니다."

"뭐? 특검은 끝났잖아?"

"그렇습니다만 노형진이 소송을 계속할 거 아닙니까? 아시잖습니까, 지금 새론에서 엄청난 소송을 하고 있다는 거."

"그 소송이 문제가 되겠나?"

"무시할 게 아닙니다, 대표님. 아시겠지만 아파트를 완성했다고 끝이 아닙니다."

일이 이 지경이 되었으니 당연히 모든 아파트 입주 이전에 비파괴검사를 하겠다는 사람들이 늘어날 테고 그게 의무화될 가능성이 크다.

그래도 그거야 뭐, 아파트를 잘 지으면 된다. 빼돌리는 것만 안 하면 말이다.

물론 그걸 빼돌리는 놈들 입장에서는 날벼락이나 다름없

겠지만 말이다.

"그런데 그 입주 이전에 하자 보수 절차가 남아 있습니다."

"하자 보수?"

"네, 저희 측 법무팀에서도 그걸 걱정합니다."

"뭐? 왜?"

"새론에서 그걸 문제 삼자는 이야기가 나오는 모양입니다. 실제로 그와 관련해서 모 건설사가 장난치다가 걸렸답니다."

"뭐? 그게 왜 문제가 돼?"

사장은 진짜로 모르는 모양이었다. 그러자 박 이사는 걱정 스럽게 말했다.

"사장님, 저희가 고쳐 주지 않은 하자가 생각보다 많습니다."

"하자가 많다니?"

"그게……."

아파트가 완성되면 사람들은 입주를 시작한다. 그런데 그 입주 직전에 해야 하는 게 있다. 바로 하자 보수다.

애초에 계약할 때 그러한 하자 보수가 계약상에 잡혀 있고, 2년 이내에 하자가 발생하면 그걸 보수해야 하는 건 건설 회사의 책임이다.

"그런데 저희는 안 고쳐 줍니다."

방법은 간단하다. 그냥 무시하는 거다.

철저하게 무시하다가 2년이 지나면 '보수 기간 지났으니까 알아서 하세요.'라고 해 버린다.

만일 그걸로 소송한다? 그러면 소송 중이라고 안 고쳐 준다. 그렇게 안 고쳐 주면 거의 대부분의 사람들은 질려서 그냥 직접 고치고 만다.

설사 소송을 하고 싶어도 보통 그런 하자를 고치는 데 들어가는 돈만 500만 원 내외인데 변호사비도 550만 원 정도 줘야 하니 비용을 비교해 보고는 포기하고 직접 고치는 경우가 많다.

회사 입장에서야 일단 무시하면 알아서 포기하니 '꼬우면 고소하세요.'라고 대응하면 그만이다.

"문제는 그동안은 그게 먹혔다는 건데, 이제는 그것도 막을 모양입니다."

"어떻게? 그 정도로 가압류를 인정하지는 않을 텐데?"

가압류를 하기 위해서는 상대방이 돈을 주지 못할 정도로 위급해서 자산을 확보해 놔야 할 이유가 있어야 한다.

그러나 대기업을 상대로는 보통 그러지 않는다. 그렇게 망할 가능성이 높지 않다고 보기 때문이다.

"그게 말입니다, 차라리 가압류를 했으면 법원 차원에 막겠는데……."

"그런데?"

"회사가 아니라 그 현장 관리 책임자를 형사 고소했답니다."

"뭐?"

"수리를 무시하고 그게…… 문제가 된 게……."

수리 요청을 하면 현장에서 그걸 대응해야 한다. 하지만 현장에서는 그걸 철저하게 무시했다. 시간이 지나서 포기하고 자기가 고치라고 말이다.

당연히 피해자들은 그걸 회사를 고소하면서 어떻게든 고치려고 했다.

"그런데 그런 약점을 이용했더군요."

회사는 모른다는 식으로 발뺌했다. 그럴 수밖에 없었다. 자기들이 그걸 고치지 말라고 했다고 할 수는 없으니까.

"그런데 그 회사에 가압류가 걸렸답니다."

"아니, 가압류는 못 한다면서?"

"대표님, 그런 건 대부분 외주 주지 않습니까?"

"아……."

계약 자체는 분명 건설 회사와 한다. 하지만 그 수리 자체는 건설 회사가 아니라 보통 건설 회사로부터 하청을 받는 회사에서 한다.

그렇게 회사에서 하청을 주면 그 회사는 그에 대해 책임지고 수리해야 한다.

왜냐하면 기본적으로 하청을 줄 때는 어느 정도의 선금을 하청 회사에 주기 때문이다.

"우리가 아니라 하청 회사를 압류를 걸었다고?"

"네, 그리고 형사 고소를 같이 했고요."

하청을 준 회사는 '우리는 하청 줬다. 모르는 일이다.'라고 발뺌한 거고 하청받은 회사는 '우리는 모른다.'를 시전하고 있는 상황.

문제는 그렇게 모른다고 하는 시점에서 발생한다.

보통 의뢰인은 건축한 회사에 소송을 건다. 왜냐하면 모르니까.

하지만 건축한 회사는 하청을 줬으니 모른다고 잡아떼고, 그렇게 2년이 지나면 하자 수리비 문제가 붕 떠 버린다.

"그런데 그 업무상 배임과 횡령으로 하자 보수 업체 대표와 직원들을 고소했답니다."

"큭."

이건 치명적이다. 왜냐하면 하자 보수 업체라고 해 봐야 자산이 뻔하니까.

더군다나 하자 보수 업체를 고용할 때는 미리 돈을 얼마 주는 게 일반적이다. 들어가는 비용이 있으니까.

그런데 그걸 받아 두고는 안 고쳤으니까 당연히 업무상 배임이 된다.

문제는 그 돈을 준 게 남아 있느냐는 거다.

그리고 거의 대부분의 경우 그런 하청을 받는 곳들은 작은 회사라 그냥 대충 쓰거나 빼서 쓰고 실제로 그런 하자 수리비가 거의 없다.

결과적으로 거기다 횡령까지 뒤집어쓰게 되는 거다.

"그러면……."

"네…… 그놈이 사실대로 회사에서 수리하지 말라고 했다고 말할 가능성이 큽니다."

"……."

그리고 그건 동토건설 같은 곳만의 문제가 아니라 절대다수의 회사들이 그런 식으로 굴러간다.

"노형진이라면 그보다 더한 짓이라고 할 겁니다."

동토건설의 경우는 그들이 병신 짓을 한 건 사실이지만 그 이전의 상황이었다면 그렇게 회사가 부도 처리될 정도로 큰 잘못 취급은 아니었을 거다.

하지만 지금 이 모든 일의 뒤에는 노형진과 새론이 있다.

그리고 그 말을 들은 대표는 등골이 서늘해졌다.

"자네는 어떻게 생각하나? 그러면 역시 자료를 넘겨야 하나?"

"그래야 하지 않겠습니까? 지금 저희 정보에 따르면 저희 쪽에서 관리하던 애들은 어차피 끝났습니다."

한두 명 정도 살아남을 수야 있을 거다. 하나부터 열까지 진짜 영혼까지 다 털어 내고 있어서 그 이상은 무리다.

주택공사 빌딩은 자살자가 너무 많아서 건물 바로 앞 도로에 아무도 안 다니려고 한단다. 바닥이 죄다 피로 시뻘건 색으로 변했기 때문이다.

"그런데 그런 한 명이 과연 우리 마음대로 통제될지……."

"후우~."

그럴 가능성은 없다. 이 지랄이 났는데 겁을 안 집어먹을 리가 없다.

그리고 이번 특검은 잔인하기로 그지없었다. 물론 범죄자 입장에서였지만 말이다.

그렇게 숱하게 자살자가 나와서 일부 언론에서 과도한 압박으로 자살한 게 아니냐는 식으로 몰아붙였을 때 노형진이 한 말은 '이번에는 그들의 피가 흘렀지만 이걸 방치하면 국민들의 피가 수천 리터 단위로 흐를 거다.'라는 말이었다.

실제로 자살한다고 해서 책임을 피할 수 있는 것도 아니었다. 다른 사람들이라면 공소권 없음으로 끝냈을 것을, 지금은 자살했다고 해도 죽어라 파면서 그 뒤에 있는 감춰진 누군가도 죽이려고 달려들고 있기 때문이다.

"끄응."

그 말에 대표는 떨떠름한 얼굴이 되었다.

"그러면 최소한 우리가 그걸 넘겨주면 안전은 보장해 주겠데?"

"그럴 리가 없지 않습니까? 다만 이 건설 현장에 대해 꼬투리를 안 잡을 겁니다."

"딱 거기까지라는 건가?"

"네, 아마도요."

"후우~ 우리가 지금 손해가 얼마지?"

"현재까지 대략 9억 3천만 원입니다."

"대략이란 말이지? 허."

과연 이게 우연일까? 이게 멈추면 얼마나 피해가 클까?

한 명 살려 놔 봐야 그놈이 9억을 과연 벌어 줄 수 있을까?

그럴 가능성은 없었다. 물론 아주아주 높은 자리에 가면 가능할지도 모른다. 하지만 그때까지 살아남을 수 있을까?

'하지만……'

물론 그놈들이 조져지는 건 문제가 안 된다. 문제는 그걸 제공하면 자신들이 뇌물 공여죄로 처벌받는다는 거다.

'그렇다고 그냥 넘어갈 수도 없고.'

노형진의 성격상 그걸 그냥 두고 넘어갈 인간도 아니다.

"가장 좋은 방법은……"

힐끔 박 이사를 보는 대표. 그러자 박 이사의 얼굴에 공포가 서렸다. 대표가 뭘 원하는지 바로 알아차렸기 때문이다.

"그, 대표님. 굳이 그렇게까지……"

대표가 원하는 것. 그건 누군가 한 명이 총대를 메고 감옥에 가는 거다. 그리고 흐름상 그건 박 이사가 될 가능성이 크다. 그랬기에 박 이사가 움찔한 거다.

"아니야……. 그럴 일은 없을 테니 걱정하지 마."

그 말에 안도의 한숨을 내쉬는 박 이사. 하지만 대표가 그를 걱정해서 일단 그 계획을 뺀 건 아니었다.

'저 새끼를 믿을 수가 없단 말이지.'

감옥에 보내고 깔끔하게 정리하면 좋겠지만 애석하게도 박 이사는 당장은 충성할지 몰라도 모든 걸 뒤집어쓰고 교도소에서 몇 년을 박혀 있을 놈은 아니다.

이것이법이다

더군다나 노형진의 특성상 철저하게 책임을 물어서 손해배
상까지 다 통해 내게 할 테니 박 이사가 미치지 않고서야 책
임을 다 뒤집어쓰고 감옥에서 자기 재산을 바칠 리가 없다.

　"일단은 말이지, 눈치 봐 가면서 입 다물고 있자고. 어차
피 특검이잖아? 그것만 끝나면 아무리 노형진이라도 답이
없겠지."

　대표는 그렇게 생각했다. 하지만 그는 노형진이 얼마나 치
밀한 인간인지 몰랐다.

순살과 물살

"뭐, 예상대로 제보자는 없네요."

홍보석은 떨떠름하게 말했다.

"그럴 겁니다. 현시점에서는 자기들이 처벌받는다는 걸 아니까 더더욱 그러겠죠."

"그렇기는 한데 어떻게 입을 열게 하려고? 쉽게는 안 열것 같은데."

"당연히 쉽게는 안 열겠지. 하지만 저러는 건 말이지, 아직은 자기들이 안 망할 거라 생각해서 그래. 차라리 처벌받을 거, 받더라도 안 망하는 게 우선이다 싶으면 안 저러지."

오광훈은 그 말에 걱정스럽게 물었다.

"어떻게 압박하려고? 또 마이스터 쓰려고? 물론 좋은 생각이기는 한데 굳이 그래야 해? 아니, 그걸 떠나서 압박하는 건 너지 검찰이 아닌데?"

"맞아요. 민사소송을 하는 거랑은 좀 다르잖아요."

민사소송의 경우에는 마이스터와 상관없이 새론에서 알아서 하는 거고 실제로 그걸 노형진이나 특검이 터치한 게 아니다. 그저 그들이 모일 기회만을 만들어 줬을 뿐이다.

하지만 마이스터가 끼어들면 그때는 특검 대 부패 세력이 아니라 기업 대 부패 세력이 되어 버리는데, 그런 경우에는 마이스터가 이기기는 하겠지만 나중에 다시 비슷한 일이 벌어졌을 때 특검을 통해 다시 털어 내기에 경험이나 실력이 부족한 일이 벌어질 가능성이 크다.

"알아. 그러니까 내가 다른 방법을 가져왔지."

"다른 방법? 무슨 방법?"

"지금 아파트들 별명이 뭔지 알아?"

"순살 아파트 또는 물살 아파트."

노형진의 말에 오광훈은 다 안다는 듯 대답했다. 아주 파다하게 소문났기에 모를 수가 없었다.

"그렇지. 그런데 이 별명들 간에도 차이가 있다고."

"차이? 무슨 차이? 애초에 개판으로 지어서 그런 별명이 붙은 거잖아?"

"그렇긴 하지. 하지만 그 두 가지가 가지는 의미가 다르다는 거야."

"이해가 안 가는데요?"

그 말을 조용히 듣고 있던 홍보석은 고개를 갸웃했다. 순살 아파트나 물살 아파트는 똑같은 말처럼 들렸으니까. 그랬기에 노형진은 그녀에게 그 차이의 특징을 구분해서 말해 줬다.

"순살 아파트. 이건 철근이 빠진 아파트라는 의미의 별명입니다."

치킨 중에 뼈가 없는 것을 순살 치킨이라고 한다.

"그렇다면 물살은 무슨 의미겠습니까?"

"음? 글쎄요?"

"살 자체가 약한 거죠. 아파트 기준으로 본다면 콘크리트 자체가 약하다는 거죠."

"그런데요?"

"왜 그런 별명이 붙었을까요?"

"그…… 글쎄요?"

홍보석이 검사로서 많은 경험이 있어도 아무래도 아파트 건설 현장에서 이루어지는 범죄를 다 아는 건 아니었으니까.

당연히 그녀는 모르다는 듯 되물었다.

"순살 아파트는 말 그대로 철근을 빼돌려서 발생한 거죠. 그런데 말입니다, 물살 아파트는 철근이 아니라 콘크리트에 물을 타서 그런 겁니다."

한쪽은 철근이, 다른 한쪽은 콘크리트가 문제인 거다.

"지금 저희가 수사한 건 대부분 철근 위주로 이루어졌습니다. 그 이전에도 그랬죠."

"어…… 그러네요?"

특검에 들어가면서 그들은 과거의 기록을 조사했다. 당연하게도 조사 대상은 철근 위주였다.

왜냐하면 철근이 돈이 되기 때문이다.

의외로 콘크리트는 추적도 힘들고 일이 커지니까 보통은 건드리지 않았던 것.

"확실히 물살 아파트라면 그것도 문제이기는 한데."

노형진의 말에 오광훈은 알 것 같다는 듯 고개를 끄덕거렸다.

"하지만 어떻게 콘크리트를 건드려?"

"간단해. 납품 업체를 조져야지."

"납품 업체를?"

"내가 했던 말 기억나? 콘크리트의 납품 업체는 기본적으로 지역별로 있다고."

"그건 기억나."

왜냐하면 아무리 전용 차량으로 옮긴다고 해도 일정 시간이 지나면 콘크리트가 굳는 걸 막을 수 없기 때문이다. 그렇기 때문에 콘크리트, 즉 레미콘 가공 업체는 일정 거리 내에 있어야 한다.

물론 현장에서 즉석해서 만들어서 쓸 수도 있겠지만 그건 일단 양도 얼마 안 되고, 그렇게 만든 레미콘은 기본적으로 혼합 비율이 안정적이지 않기 때문에 요즘은 건물을 지을 때는 무조건 그런 레미콘을 업체에서 가져와서 쓴다.

"그런데 지금까지 단 한 번이라도 레미콘 회사를 조진 적 있나? 아, 이 문제로 말이야."

"어? 글쎄? 내 기억이 맞으면 없지?"

"맞아. 없지."

레미콘 회사를 건드린 건 딱 한 번. 그것도 노형진이 한 일이다.

과거 일본에서 방사능에 오염된 쓰레기를 가져와서 섞으려고 해서 막은 것이었는데, 그 외에 부실 건축물을 이유로 건드린 적은 대한민국 건국 이래 단 한 번도 없다.

"어, 하지만 제가 알기로 레미콘이 문제가 된 적은 없는 걸로 아는데요? 법에서 정해진 규칙도 있고."

"네, 맞습니다."

실제로 레미콘은 건축 강도의 규칙이 있기에 일단 제조할 때는 그걸 기준으로 만들어진다.

"네, 만들 때는 그렇게 만들어지죠. 그런데 말입니다, 가장 먼저 레미콘에 물 타는 시점이 어딘지 아십니까?"

"어딘데요?"

"레미콘 차량에 실을 때요."

레미콘을 차량에 실을 때 직원은 그 위에 올라가서 하염없이 물을 들이붓는다. 실제로 그걸 본 사람들이 한둘이 아니다.

"이미 물과 적절하게 혼합된 상황이죠. 그런데 왜 물을 부어서 강도를 낮추겠습니까?"

"아……."

레미콘의 강도 기준은 레미콘이 만들어지는 시점이다. 그 시점에 샘플을 뽑아서 강도를 측정하지, 레미콘을 레미콘 차량에 실을 때는 측정하지 않는다.

"물론 그게 끝이 아니라는 게 문제죠. 그나마 그 정도까지는 어떻게 커버되거든요."

레미콘이 '충분한 강도'를 기준으로 만들어진다면 그 과정에서 물을 넣음으로써 '아슬아슬한 강도' 정도로 떨어진다.

"그나마 이건 써먹을 수 있는 딱 정해진 기준에서 아슬아슬하다는 거죠."

하지만 물을 타는 걸로 끝이 아니다. 그렇게 현장에 가서 또 물을 탄다.

"그리고 다행히도 우리가 조사를 안 해서 그렇지, 레미콘을 만드는 공장에는 CCTV가 있거든."

지금까지 수십 년간 단 한 번도 그걸 조사해 본 적이 없어서 모를 뿐이지, 안전상의 이유로 거의 대부분의 레미콘 공장에는 차량에 레미콘을 실을 때의 모습을 찍는 장비들이 있다.

"그걸 조사하면 된다는 소리네?"

"맞아. 레미콘이 없다? 그러면 공사 현장도 멈추는 거지, 후후후."

이것이 법이다

전국에는 많은 레미콘 회사들이 있다.

그리고 노형진은 그중에서도 가장 말이 많은, 그리고 가장 의심스러운 판다 레미콘이라는 회사를 압수 수색 대상으로 특정했다. 왜냐하면 이곳이 D등급 아파트에 레미콘을 납품한 곳이기 때문이다.

아무리 현장에서 물을 타고 온갖 장난질을 했다고 해도 레미콘의 품질이 어느 정도 된다면 D등급까지 나오지 않는다. 그런데 D등급이 되었다는 것은 애초에 레미콘 자체가 품질이 개판이라는 소리였다.

"이야, 이건 그냥 고무호스도 아니고 소방 호스를 쓰네?"

오광훈은 압수 수색영장을 가져가 그곳에 CCTV를 털어내고는 어이없다는 듯 중얼거렸다.

"그, 소방 호스는 아니고……."

그리고 현장을 관리하는 공장장은 진땀을 뻘뻘 흘리고 있었다. 그럴 만한 게 CCTV 화면에서 레미콘 차량에 물을 넣는 장면이 그대로 나오고 있었기 때문이다.

"이봐요, 공장장 아저씨."

오광훈은 그 말에 기가 막힌다는 듯 그 공장장을 바라보았다.

"내가 눈먼 소경으로 보여요? 그러면 저건 뭐라고 할 건데요? 뭐? 마법의 호스?"

"······."

보통 물을 탄다고 해도 그냥 호스 하나로 물을 틀어서 섞는 정도다. 하지만 지금 CCTV에 보이는 건 아무리 좋게 봐도 소방 호스 정도로 큰 직경을 가지고 있었다. 그리고 그걸로 한꺼번에 대량의 물을 모조리 집어넣고 있었다.

"이거 간땡이가 부어도 너무 부었네."

"오해입니다, 오해······. 그날 좀 너무 시멘트가 되다는 말이 나와서······."

"이봐요. 그러면 장비를 고쳐야지 왜 물을 타요? 내가 바보 같아요?"

오광훈이 아무리 경험이 없어도 그런 식으로 물을 들이붓는 이유를 모르지는 않는다.

아파트를 여기저기 짓다 보니 계속 트럭은 들어오고 그 트럭들이 들어와서 줄 서서 기다리는데 물을 타는 시간은 오래 걸리니 아예 화끈하게 소방 호스로 부어 버린 거다. 그 시간만 아껴도 하루에 10대 이상의 트럭은 더 공급할 수 있고 그 수익은 절대로 작은 게 아니었으니까.

"저희는 모르는 겁니다, 진짜로."

"네, 그렇다고 칩시다."

당연하게도 공장장은 모른다고 딱 잡아뗄 수밖에 없었다. 호스도 수도관에 연결되어 있고 그 호스도 회사에서 제공했지만 모르는 거다. 그렇게 주장할 수밖에 없었다.

'사실 말도 안 되는 눈 가리고 아웅이지만.'

진짜로 말도 안 되는 눈 가리고 아웅이다. 그런데 그렇다고 치자니?

'뭐지?'

심지어 변명한 공장장조차도 그걸 순순히 받아들여 주는 오광훈의 말에 순간 할 말이 없어서 눈만 데굴데굴 굴릴 정도였다.

"그러니까 저희가 모르는 일이라고…….'"

"뭐, 그럴 수도 있죠."

다시 한번 확인하듯 말했지만 오광훈은 아예 그걸 대놓고 모른 척해 버렸다. 아니, 인정해 버렸다. '그럴 수도 있다고'.

'운이 좋은 것 같지? 천만에.'

하지만 노형진의 계획은 잔인하기 그지없었다.

단기적으로 꼬리나 몇 놈 자르고 끝?

아니다. 아예 발본색원할 생각이었다.

물론 영장 몇 개로 회사가 망하게 할 수는 없다는 게 사람들의 상식이다. 하지만 적절한 상황에 적절한 타이밍에, 그리고 적절한 영장이라면 기업을 망하게 하는 게 불가능하진 않았다.

"그러니까 이 사람들을 소환하겠습니다."

"누구요?"

"누구겠어요? 여기에 물 탄 인간들이지."

"네? 물 탄 인간들이라니요?"

그 말에 오광훈은 어이없다는 듯 화면을 톡톡 쳤다.

"이거 안 보이세요? 물 타고 있잖아요?"

"그거야…… 그런데……."

저런 레미콘 트럭에 물을 탈 때는 어떻게 해야 할까?

간단하다. 레미콘이 들어가는 입구에 물을 부으면 된다.

그런데 아무리 레미콘 회사라고 해도 그걸 전담으로 하는 직원을 따로 고용하지는 않는다.

'그래서 보통은 운전기사가 한다고 했지.'

거기로 올라갈 수 있는 발판을 만들고 호스를 연결해 두면 그 위에 운전기사가 올라가서 레미콘을 넣을 때 물도 함께 넣는다.

즉, 실행 자체는 운전기사가 한다는 거다.

돈을 아끼려고 물 타는데 그걸 전담하겠다고 물을 타는 직원을 고용하면 인건비가 들어가니까 일반적으로는 이런 형태로 일이 굴러간다.

"그러니까 당연히 현행범을 체포해야지요."

"혀…… 현행범이요?"

"증거도 확실하지 않습니까?"

차량이 들어와서 레미콘을 넣는 위치는 안전상의 이유로 CCTV가 있고 거기에는 차량의 번호가 정확하게 찍혀 있었다. 그뿐만 아니라 그날 출입한 모든 차량 번호가 전산상에 남아 있었다.

"그러니까 저 사람들을 다 소환해야지요."

"다……요?"

"네, 회사는 책임이 없으니 그들이 책임져야 하는 거 아닙니까?"

그 말에 공장장의 얼굴이 노래졌다. 그건 틀린 말은 아니다. 그렇게 되면 회사는 책임에서 벗어나지만 그 대신에 운전기사들이 책임을 뒤집어쓰게 된다.

'좆 됐다.'

직감적으로 여기서 회사에서 물 타라고 시켰다고 고백하면 아마 그와 회사 임원들 그리고 대표가 처벌받을 거다.

반면에 회사는 몰랐다고 말하면?

당연히 저 운전기사들이 처벌받을 거다.

'우리 망하는데.'

여기서 문제가 되는 것은 저런 레미콘 차량의 운전기사의 소속이다. 저런 레미콘 차량의 소속은 레미콘 회사나 건설 회사가 아니다. 특수 차량을 이용해서 영업하는, 말 그대로 개인 업자들이다.

왜 그러냐면 레미콘 회사나 건설 회사 입장에서는 그들을 고용하는 데 막대한 돈이 들기 때문이다. 일단 저런 특수 목적 차량은 가격이 무지막지하게 비싸다. 그래서 그걸 살 때 엄청난 돈이 든다.

그리고 사람들이 잘 모를 뿐이지, 의외로 이 레미콘이라는 놈이 염기성이 강해서 차량 같은 금속류의 부식을 엄청 가속하는 놈이다.

그래서 저런 특수 목적 차량은 자주 수리해야 한다. 점검도 자주 해야 한다. 만일 레미콘을 실은 상황에서 원통기가 멈춰 버리면 그 차는 버린다고 봐야 하기 때문이다.

문제는 레미콘 차량의 사용 시간은 아주 짧다는 거다. 올라가는 동안에야 열심히 쓰겠지만 터파기를 하거나 건물을 모두 올린 뒤 내외장재를 붙일 때는 쓸데가 없다.

즉, 쓰는 기간보다 안 쓰는 기간이 너무 긴 놈이라는 거다.

그래서 보통 이런 레미콘 차량은 기업 소속이 아니라 개인 사업자들이 필요한 경우에 배달해 주는 방식을 취한다.

그런데 그들을 모조리 기소하겠다?

그러면 그들은 일을 못 할 거다.

물론 일을 못 하는 건 그들 사정이지 자기들 사정이 아니다. 문제는 자기들이 일을 못 한다는 거다. 아니, 망한다는 거다.

"안 됩니다!"

"얼씨구? 그러면 그 물 타라고 시킨 걸 인정하는 겁니까?"

"아니, 그건……."

"그러면 저 운전기사들이 알아서 넣은 거죠?"

"그건 그런데……."

"그러면 저분들을 기소해야 하잖아요?"

"그…… 그렇죠?"

"그런데 왜 안 된다고 하십니까? 설마 진짜로 물 타라고 하셨어요?"

"아니요."

"그러면 막을 이유가 없는데요?"

"……."

"아니면 지금 특검에 부당 압력을 넣으시는 겁니까?"

"아니……요."

"그러면 이 사람들을 기소하겠습니다."

오광훈이 싱글벙글 웃으며 말하자 공장장은 고개를 푹 숙였다. 자신이 선택할 수 있는 것은 아무것도 없었으니까.

⚖️

"엄청 많네요."

족히 백 명이 넘는 사람들의 레미콘 차량 기사들이 소환되었다. 그들의 눈에는 공포가 가득했다.

"미리 고지했죠?"

"네, 미란다원칙도 고지했고 또 여기서 증언한 것에 대해 민사소송에서 불리하게 사용될 수도 있다고 말했어요."

그러자 홍보석이 고개를 갸웃하면서 물었다.

"민사소송이야 이해가 가는데요?"

"이미 그 설계 업자에게 민사소송을 건 선례가 있으니까."

레미콘 회사에서는 자기들은 모른다고, 레미콘 차량 기사들이 자발적으로 물을 탄 거라고 말한 이상 그에 대한 형사적인 조사가 이루어질 수밖에 없었고, 그게 확실하게 증거로 남아 있는 이상 입주민들이 그 레미콘 트럭의 기사들에게 소송할 가능성도 커졌다. 불가능한 건 아니니까.

"그러니까 그건 알겠어요. 그리고 그런 경우 레미콘 기사들이 자기가 살기 위해서라도 레미콘 회사로부터 물 타라는 지시를 받았다는 것도 알겠고요."

"잘 아시네요."

"제가 궁금한 건 그거예요. 저희가 이들을 조사한다고 정말 건설 회사가 망할까요?"

전혀 이해가 안 가는 영역이었기에 홍보석은 고개를 갸웃할 수밖에 없었다.

"레미콘 회사를 압박하는 거라면 이해가 가지만 건설 회사가 망한다뇨? 진짜 이해가 안 가서요."

"아아, 하긴 검사들은 잘 모르긴 하겠네요."

"오광훈 검사님은 아시는 눈치던데 말씀을 안 해 주시네요."

"오 검사가 뭐라는데요?"

"악마 같다고요."

"하하하, 틀린 말은 아니네요."

홍보석은 노형진의 말에 다시 한번 어리둥절했다. 악마 같다고 하기에는 너무 규정대로니까.

"그 레미콘 차량의 차주들은 되게 곤란한 것 같기는 하지만 그렇다고 해도 악마 정도는 아닌 것 같은데요."

적지 않은 벌금이 나올 테고 재판은 상황에 따라 질 테고, 그러면 그 배상을 하기 위해 그들의 재산 1순위인 레미콘 트럭을 팔지도 모른다.

확실히 그들에게는 날벼락일지도 모른다. 자기들 딴에는 그냥 관행이라고 생각해 왔을 테니까.

하지만 그 어디에도 건설사가 망한다는 조건은 붙을 것 같지 않았다.

"범죄자들이 아래가 조져진다고 해도 위는 살아남잖아요? 그런데 회사가 망한다고요?"

"오광훈은 건설 쪽을 좀 알거든요."

아무래도 조폭 시절에 건설이나 그쪽으로 일을 해 봤으니 어느 정도는 알 거다.

"그러니까 아는 모양이네요."

"저는 전혀 모르겠던데."

"간단하게 설명하면 이런 거죠. 레미콘의 수명은 짧다."

"그래요?"

"네, 그래서 레미콘 회사들이 지역별로 자리 잡고 있는 겁니다."

먼 거리를 가져갈 수가 없으니까.

레미콘의 거리는 상황에 따라 다르긴 해도 아무리 길어 봐야 네 시간을 안 넘긴다. 그리고 네 시간이 지나가는 시점부터는 빠르게 굳기 시작한다.

그래서 레미콘 회사는 거의 절대다수가 건설 현장 기준으로 세 시간 이내에 자리 잡는다.

"그게 레미콘 차량들이 거칠게 움전하는 가장 큰 이유 중 하나죠."

차량 내부에서 레미콘이 굳어 버리면 운전기사는 새차를 사는 것밖에 답이 없으니까. 더군다나 그런 콘크리트 덩어리가 내부에 있으면 폐차조차도 쉬운 게 아니다.

"그런데요?"

"그러면 그 레미콘 회사에서는 어떨까요?"

"레미콘 회사요?"

"네, 그들은 매일같이 어마어마한 양의 레미콘을 만들어 냅니다. 그리고 그걸 매일같이 팔아먹죠. 당연히 그걸 만드는 장비와 그걸 보관하는 보관용 시설에는 레미콘이 가득 차 있죠."

"그렇죠."

"그런데 여기에 있는 사람들이 누구죠?"

"당연히 레미콘 기사들……이죠? 아하! 그러네요. 거기라고 해서 레미콘이 안 굳는 건 아닐 거잖아요."

"맞습니다. 아무리 관리를 잘해도 레미콘은 일정 시간이

지나면 빠르게 굳기 시작합니다. 그런데 저희는 지금 레미콘 기사들을 모조리 소환해서 조사 중이죠."

그렇다면 그들이 만들어 둔 레미콘은 어떻게 될까? 누구도 빼 가지 않은 상태로 그대로 굳어 가기 시작할 거다.

"이걸 저희가 조사하려면 못해도 스물네 시간에서 마흔여덟 시간은 걸릴 겁니다. 그렇다면 그 시간 동안 레미콘 장비에 있던 것들은 어떻게 될까요?"

"굳어 버리겠네요."

그렇게 굳어 버린 레미콘을 치우는 건 쉬운 일이 아니다.

물론 잉여 물량이라는 게 있기 마련이니 레미콘 회사에도 그걸 처분할 방법이 있을 거다.

"하지만 그것도 어느 정도죠."

레미콘이라는 게 레미콘 회사에 가서 '레미콘 주세요.'라고 하면 구할 수 있는 게 아니다. 그들은 내부에서 레미콘이 굳는 걸 막기 위해 미리 주문받고 정해진 양만큼 만들어서 제공한다.

그래서 못해도 일주일 이전에는 생산량이 결정되고 투입이 결정되어야 한다.

"그런데 어이쿠, 이런. 그걸 옮겨야 하는 사람들이 갑자기 여기에 다 모였네요?"

어마어마한 양의 레미콘을 만들어 놨을 텐데 그걸 각 건설 현장으로 보내야 하는 레미콘 기사들이 모조리 여기에 모여 있다. 그러면 레미콘 공장은 어떤 상황이겠는가?

"무슨 소리인지 알겠어요. 레미콘 공장이 멈추면 건설 현장도 멈추죠."

레미콘이 없어서 멈추는 것도 있지만 문제는 그게 단시간에 끝나는 일이 아니라는 거다.

일단 내부에서 굳어 버린 레미콘을 뜯어내서 다시 쓰는 건거의 불가능할 테니 아주 높은 확률로 아예 공장의 해당 장비를 뜯어내고 해체한 후에 새로운 장비를 설치해야 한다.

실제로 레미콘 차량 내부에서 레미콘이 굳어 버리면 그걸해체하는 데에만 수천만 원이 들어서, 어떤 경우는 차라리새 차를 사는 게 낫다고 이야기할 정도니까.

그런데 그게 차량 한 대가 아니라 기업 규모로 일어난다면어떻게 될까?

"최소 몇 달은 레미콘의 공급이 끊어지겠네요."

"네, 외부에서 가져올 수 있는 양은 한정적이니까요."

너무 먼 곳에서는 가져오다가 굳어 버리니 가져올 수가 없고, 운이 좋아서 관내에 하나 더 있다고 해도 그곳도 물을 탄결로 수사 중일 테니까 영업을 못 하거나 설사 영업한다고해도 생산량이 부족할 수밖에 없다.

그렇다고 해서 그렇게 굳는 것 좀 늦춰 보겠다고 물을 더탄다? 지금 레미콘에 물을 타서 이 지경이 된 상황인데?

당연히 그날로 거기도 멈출 거다.

"그렇다고 현장에서 섞어서 쓸 수도 없고요."

즉 레미콘 회사에서 레미콘을 제공하지 못하고 건설 현장은 멈추고, 건설 현장이 멈추면 그 위약금과 위약벌 그리고 경비 때문에 건설사는 망할 수밖에 없다.

"아마도 건설사들은 제가 막 대룡이나 새론이나 마이스터를 이용해서 기업 대 기업으로 압박을 주거나 망하게 할 거라 생각했나 본데요."

노형진은 어깨를 으쓱했다.

"적재적소란 말이 괜히 생긴 게 아닙니다."

수백억 수천억 들여 가면서 경제 전쟁을 할 필요가 있을까? 일정만 제대로 맞춰서 소환장을 발부하면 알아서 넘어가는데?

"다른 곳에서 차량을 부르거나 할 수도 있잖아요?"

"물론 가능하죠. 그렇게 급하게 차량을 수배해서 어느 정도는 빼낼 수 있을 겁니다."

"그렇죠?"

"그런데 그게 완벽하게 다 빼낼 수 있을까요?"

레미콘의 양이 1~2톤이 아닐 텐데?

"그리고 그렇게 다급하게 구한다고 한들 레미콘 차량들이 그렇게 흔한 것도 아니고요. 애초에 지금 이 상황에서 누가 그걸 빼니까?"

그 회사 아래서 레미콘을 납품하는 기사들이 죄다 감옥 가게 생겼는데 거기에서 다시 일하려고 할 사람은 없을 거다.

"그리고 말씀드렸다시피 여기는 시작일 뿐입니다."

다른 곳들도 레미콘에 물을 탄 것에 대해 조사가 시작될 테고, 레미콘 기사들은 죄다 소환될 테고, 레미콘 차량들은 그 양이 부족해질 거다.

"그 사실을 아는 레미콘 회사들은 똥줄이 타겠죠."

안 팔 수도 없고 팔 수도 없는 상황.

레미콘 회사들은 안전을 위해서라도 생산량을 줄일 수밖에 없고, 레미콘이 부족하면 공사는 차일피일 미뤄질 수밖에 없다.

"아마 지금쯤 그 회사에서는 곡소리 나고 있을걸요."

노형진은 아주 자신 있게 말했다.

⚖

그 시각, 노형진의 말대로 판다 레미콘에서는 침묵이 흘렀다. 레미콘을 날라야 하는 차량들이 갑자기 모조리 증발한 상황이었기 때문이다.

당연하게도 그 이유는 특검 출두.

그들은 자기들이 물을 탄 장면이 너무 확실하게 찍혀 있으니 부정도 못 하고 살려 달라고 읍소하고 있었고, 그 시간 동안 판다 레미콘의 공장에 있는 레미콘은 빠르게 굳어 가고 있었다.

"빼낼 수 있는 건 다 빼냈습니다만……."

"더 이상 뿌릴 곳도 없는 건가?"

"그게, 달라는 곳은 없는 건 아닙니다. 차량을 구할 수가 없습니다."

"차량을 구할 수 없다고?"

"레미콘 차량 기사들이 모조리 소환 조사되어서……."

전이라면 턱도 없는 소리지만 워낙 다급하다 보니 판다 레미콘에서는 지금 있는 레미콘을 공짜로 주겠다고 사방에 연락했다. 그리고 공짜라는 말에 너도나도 달라고 했다.

문제는 공짜라고 해도 그걸 가져갈 레미콘 차량이 없다는 거다. 그렇잖아도 소환된 레미콘 기사가 한두 명이 아니라 다른 건설 현장들도 멈추다시피 한 상황이었기 때문이다.

여기서 단 한 번이라도 레미콘을 받아 간 사람들은 모조리 소환되었는데, 그 숫자가 레미콘 기사의 4분의 3이 넘었고 갑작스러운 사태에 레미콘 기사들이 갑자기 부족해진 상황이었기에 외부에서 다급하게 불러들였지만 그 숫자는 한 줌밖에 되지 않았다.

"아직도 절반쯤 레미콘이 남았습니다."

"큭."

그렇다고 무조건 꺼내서 뿌려 버리자니 이미 수사관들이 와서 눈에 불을 켜고 노려보고 있다. 그걸 그냥 길바닥에 뿌리면 바로 환경법 위반이니까.

그러니 지금이라도 빼는 수밖에 없는데, 차량은 없고 레미콘은 계속 굳어 가고 있었다.

"다른 방법이라도 찾아봐. 그 뇌물이라도 좀 주든가, 아니면 다른 레미콘 회사에 도움을 좀 청하든가."

"그게 쉽지 않습니다. 다른 레미콘 회사도 이번 수사에 엄청 눈치 보는 상황입니다. 뇌물은 턱도 없고요. 그랬다가는 오늘 저녁 뉴스에 저희 실명이 나갈 겁니다."

"그럼 좀 멀더라도 다른 레미콘 트럭을 불러 보든가!"

결국 사장은 목소리를 높였다. 하지만 공장장은 떨떠름한 얼굴로 말했다.

"사장님, 그러시면 안 됩니다."

"뭐, 이 새끼야? 왜 안 돼?"

"그게…… 그쪽도 가져가서 쓸 시간이라도 있어야 할 거 아닙니까?"

"그래서?"

"지금 남은 걸 줘 봐야 다른 현장으로 싣고 가다가 굳어 버립니다."

"아…….."

레미콘이 굳는 데 네 시간이 걸린다고 치자.

그러면 만약 여기서 대기한 시간이 두 시간이 지났다면 결국 레미콘 차량에서 쓸 수 있는 시간은 고작 두 시간뿐이다.

그런데 그 시간을 늘리겠다고 물을 타면 눈앞에서 눈에 불을 켜고 있는 수사관들에게 '우리 레미콘에 물 탑니다.'라고 홍보하는 꼴밖에 안 된다.

그렇다고 그걸 비밀로 했다가 나중에 레미콘이 내부에서 굳으면?

당연하게도 그걸로 레미콘 기사들이 지랄지랄할 거다.

그리고 레미콘 차량의 가격이 수억이라 소송할 테니 자신들이 그 차량들을 모조리 보상해 줘야 한다.

"거기다 지금 분위기가⋯⋯."

레미콘 차량은 충분하느냐 하면 그것도 아니다. 왜냐하면 레미콘 차량들은 법적으로 정해진 숫자가 있기 때문이다.

그리고 그게 벌써 10년 이상 유지되고 있다.

그렇다 보니 거의 모든 레미콘 트럭들은 그날그날 일정이 잡혀 있고, 그래서 갑자기 레미콘 트럭을 구하는 게 쉬운 일이 아니었다.

이미 약속이 잡혀 있는 레미콘 트럭을 가져올 수도 없고, 레미콘 트럭 차주들도 그거 공짜로 좀 받겠다고 멀리서부터 오느라 자기 차를 위험하게 하지는 않을 거다.

애초에 레미콘 한 트럭 기준으로 대략 50만 원 선인데, 그걸 공짜로 받으려다가 레미콘 트럭이 굳어 버리면 수억 단위로 날려 버리는 셈이니까.

"그러면 어떻게, 방법이 없다는 거야?"

"현재로써는 최선을 다해서……."

그때 마침 노동자 한 명이 다급하게 회의실로 들어왔다.

"그…… 사장님."

"뭐야! 지금 회의 중인 거 안 보여!"

"그게…… 토출구가 막혔는데요."

"뭐?"

"레미콘이 안 나와요. 토출구가……."

토출구가 막혔다. 즉, 사실상 거의 모든 레미콘이 굳기 시작했다는 거다. 물론 외곽부터 굳기야 하겠지만 이미 외곽이 굳었는데 어떻게 레미콘을 꺼낸단 말인가?

"으어어억!"

그 순간 사장이 눈을 까뒤집으면서 뒤로 넘어갔다.

"헉! 사장님! 사장님!"

"뭐 해! 구급차 불러!"

그 모습을 보면서 공장장은 쓰게 웃었다. 직감적으로 지금이라도 다른 직장을 구해야 한다는 것을 느낀 것이다.

'하지만 쉽지 않을 텐데.'

다른 회사들도 레미콘에 물 타는 게 일상이었고 남은 곳이 얼마나 될지도 알 수 없으니 이직이 어찌 될지는 누구도 모를 일이었다. 그는 핸드폰으로 119를 부르면서 긴 한숨만 내쉴 수밖에 없었다.

판다 레미콘, 제조 시설 멈춰
판다 레미콘, 장비 고장으로 수리에만 30억 이상 든다고 밝혀
판다 레미콘, 부도 수순으로 가나?

연달아 터지는 뉴스에 사람들은 처음에는 이게 뭔 일이냐
며 걱정했다. 그러나 그 원인이 드러나자 도리어 차라리 망
해야 한다며 목소리를 높였다.

판다 레미콘, D등급 아파트에 물 탄 레미콘 제공 수사 중 납품
거절당해

그걸 보고 너도나도 욕하고 있었지만 그러지 못하는 곳들
도 있었다. 아니, 그럴 상황이 아니었다.
"없어요?"
노형진은 싱글벙글 웃으며 말했다.
"네, 없습니다. 얼마 전에 그 오류가 있어서 싹 다 날아갔
습니다."
"아아~."
"오류가 있어서 싹 다 날아갔다?"
"네."

"차라리 나 혼자 교도소에 갔다 오는 걸로 퉁치자. 뭐 그런 겁니까?"

노형진의 말에 공장장은 말은 안 하고 눈을 질끈 감았다. 그리고 그 모습을 보면서 노형진이 피식 웃었다.

'안 봐도 뻔하지, 뭐.'

판다 레미콘의 상황을 모르지는 않을 테니 다들 다급하게 해결책을 찾기 위해 이리저리 뛰어다녔을 거다. 그런데 현실적으로 방법이 있을 리가 없다.

그나마 최선이 레미콘에 물 타는 증거를 지워 버리는 거다. 그리고 그걸 위해 해당 영상을 싹 다 지워 버렸고 말이다.

물론 영상을 지워 버린 것에 대해서는 누군가가 책임져야 하지만 그걸 누가 지겠는가? 가장 만만한 게 실무자고, 실무자는 자식 때문에라도 회사의 압력에 굴복할 수밖에 없었을 거다.

'이거야 원, 조폭도 아니고……. 하기야 건설판이 조폭판이기는 하지.'

건설업이 워낙 거칠다 보니 조폭들의 유입이 엄청나게 많았던 곳이다. 그래서 현실적으로 조폭판처럼 운영되는 곳도 많다.

'특히 레미콘 회사들은 조폭 출신들이 많지.'

사실상 직업을 독점하는 구조. 기술이 딱히 필요하지 않은 형태.

그렇다 보니 돈 좀 있는 조폭들이 하기 딱 좋은 게 바로 레미콘 회사다.

물론 투자받는 게 어렵기는 하지만 소위 전국구급이라는 놈들은 정치인에서부터 사채업자까지 자금 세탁을 원하는 수많은 사람들을 만나기 때문에 자금을 구하기는 쉬웠을 거다.

그래서 아마 운영도 조폭처럼 운영하는 걸 거다. 범죄를 저지르기에는 그게 딱이니까.

"그래요?"

하지만 노형진은 딱히 화를 내거나 하지는 않았다.

아니, 그럴 이유가 없었다. 애초에 이렇게 될 거라는 걸 다 예상하고 있었으니까.

그리고 때마침 노형진에게 홍보석이 다가왔다.

"홍 검사, 어때요?"

노형진의 말에 홍보석이 고개를 흔들었다.

"흔적은 있는데……."

"하지만 그걸로 끝이군요."

"네."

레미콘 차량에 물을 넣기 위해서는 발판이 필요하다. 하지만 그런 발판이 없다. 정확하게는 그게 있었던 흔적은 있지만 발판은 없다.

'이미 지웠을 거라 생각했지.'

그럼에도 노형진은 놀라지 않았다.

"뭐, 나름 노력하셨나 본데요."

노형진은 싱글벙글 웃으며 말했다.

"그런다고 해서 죄에서 벗어날 수 있다고 생각하시면 저는 섭섭하죠."

"저희는 모릅니다."

당연히 모른다고, 일단 무조건 우기는 공장장.

하지만 노형진은 그 말에 대해 꼬투리를 잡거나 하지 않았다. 어차피 마음먹은 이상 이쪽에서 할 말은 없으니까.

'뭐, 무너트리려고만 한다면 무너트릴 수 있겠지만…….'

그건 어디까지나 노형진이 변호사로서 여유롭게 일할 때의 이야기다. 지금은 검사로서 특검을 이끌면서 움직이느라 제한 시간이 얼마 되지 않으니 빠르게 움직여야 한다.

"자, 그러면 출납 기록을 확인해 봅시다."

"추…… 출납 기록이요?"

노형진의 말에 굳은 결심을 하고 있던 공장장은 어리둥절한 얼굴이 되었다. 출납 기록이라는 게 뭔지 이해가 가지 않았으니까.

"당연히 매출 기록이 있을 거 아닙니까? 어느 날 어느 차량이 레미콘을 얼마나 가져갔는지에 대한 기록이 있을 텐데요?"

"그거야……."

당연히 있다. 아무리 주먹구구로 돌아간다고 해도 그 정도 정보도 없이 기업을 운영하는 건 불가능하니까.

"그걸 확인해 보자고요."

그 말에 공장장은 묘한 얼굴이 되었다.

'그건 문제가 없겠지?'

일단 영장을 가져온 상황이니 그걸 감출 수는 없다. 더군다나 그런 출납 기록에 물을 타거나 했다는 증거는 담겨 있지 않다. 말 그대로 그날 레미콘을 누가 가져갔는지만 확인할 수 있다.

"그것도 못 보여 줍니까, 설마?"

"그건 아닙니다."

결국 공장장은 어쩔 수 없이 노형진과 홍보석 그리고 다른 사람들과 함께 그 기록을 열람했다.

그리고 노형진은 싱글벙글 웃었다.

"어이구, 바쁘셨네."

매일같이 꽉 차 있는 출납 기록. 그걸 보면서 노형진이 홍보석에게 말했다.

"자, 보셨죠? 이런 게 기술입니다."

"음…… 확실히 이거라면……."

그러나 함께 출납 기록을 보는 공장장은 도무지 두 사람의 반응을 이해할 수가 없었다.

'뭐지? 이해가 안 가는데?'

영장이면 당연히 나올 수밖에 없는 기록이다. 그런데 기술이라니?

"날씨 기록 가져오셨죠?"

"여기요."

"비교해 봅시다."

'날씨?'

출납 기록과 날씨가 무슨 상관인가 싶었던 공장장은 다음에 이어지는 말에 얼굴이 창백해졌다.

"어디 보자……. 아이고, 3월 3일. 이날 폭우가 쏟아졌네요. 그런데 출납 기록에 차량이 나갔어요. 그것도 아주 많이."

"네, 그러네요."

"그 차량들이 그 날씨에 레미콘을 어디에 가져갔을까요?"

"당연히 공사 현장이죠."

비가 온다고 해서 레미콘을 가져가지 말라는 법은 없다. 하지만 비가 오면 레미콘 타설은 금지된다.

그러면 그 상황에서 레미콘은 어떻게 되었을까? 날이 맑아질 때까지 보관할까? 단 몇 시간이면 굳어 버리는 놈을?

"이거 가져가요. 이거 그날 콘크리트를 타설했다는 증거니까."

"어어어어……?"

노형진의 말에 공장장은 숨이 턱 막혔다.

물을 섞는 것만 안 걸리면 된다고 생각했다. 하지만 생각해 보니 비 오는 날의 타설은 더 문제가 된다.

최소한 여기서 물을 섞는 데는 양이라도 정해져 있지, 비

오는 날의 타설은 레미콘이 굳을 때까지 계속 물이 들어오기 때문이다.

당연히 물이 계속 들어오니 레미콘이 굳는 건 더 늦어지고, 그럴수록 더더 많은 물을 먹게 된다.

'내가 모를 줄 알았나? 어이없네.'

노형진은 과거에 인터넷에서 이슈가 되었던 뉴스를 봤다. 비 오는 날, 그것도 억수같이 비 오는 날 콘크리트를 타설하는 모습을.

문제는 그걸 끝이 아니라는 것이다. 그렇게 엄청난 비 속에서도 소방 호스를 가져다가 엄청난 물을 콘크리트에 붓고 있었다.

얼마나 많은 물을 부었는지 작업자의 무릎 바로 아래까지 물이 출렁거릴 정도였다.

당연히 그 정도로 물을 부었으니 그 콘크리트가 제대로 양생될 리가 없었다.

"어디 보자…… 이날도."

"아니, 그건…….

공장장은 할 말을 잃어버렸다.

자기가 모든 걸 삭제하고 책임지고 교도소에 들어가기로 했다. 그런데 자신이 아무리 책임지려고 해도 하늘에서 내리는 비까지 책임질 수는 없지 않은가?

"그러면 비 오는 날도 저희가 공장을 쉬어야 한단 말입니까?"

"아니, 그건 저야 모르죠."

노형진은 어깨를 으쓱했다.

"그건 회사에서 알아서 할 일이지 저희가 뭐라고 할 게 아니죠."

"그러면 왜……."

"회사에서 넘기는 순간 그 책임은 다 운전기사가 지는 게 정상 아니겠습니까?"

"허억!"

운전기사라는 말에 공장장은 숨이 턱 하니 막혔다.

물론 비 오는 날 일하러 온 운전기사가 그렇게 많은 건 아니다. 하지만 그렇다고 해서 적은 것도 아니었다.

'젠장, 망했다.'

운전기사들도 죄다 노가다판에서 잔뼈가 굵은 사람들이다. 당연히 비가 오는 날은 타설 금지라는 사실을 모르지 않는다.

실제로 많은 곳에서 비 오는 날은 타설을 금지하기에 그런 날에는 아예 쉬는 사람들도 많다. 하지만 어디나 그렇듯 돈만 주면 일하는 사람들이 있다.

그들은 타설하다가 물이 들어가는 거? 신경 쓰지 않는다. 중요한 건 자기 돈이니까.

도리어 그런 날은 타설하려고 하지 않는 사람들이 많기 때문에 그런 사람들은 당연히 그런 날에는 더 많은 돈을 부른다.

하지만 대부분의 경우 건설 업자나 레미콘 회사에서는 그들의 요구대로 한다. 왜냐하면 건설 업자 입장에서는 하루를 쉬면 그대로 손실로 이어지는 데다가 결국 물을 붓는 것도 수도 요금을 내야 하는 건데 수도 요금을 내지 않고 공짜로 물을 쓸 수 있는 기회니까.

레미콘 회사 입장에서는 이미 만들어 둔 레미콘을 그냥 두면 죄다 폐기 처리해야 하는 상황이니 그냥 넘기는 게 더 낫다.

'그런데 이게 증거가 된다고?'

누가 봐도 말도 안 되는 것 같지만 생각해 보면 말이 안 되지는 않는다. 영상이나 증언은 없지만 누가 봐도 정황증거라는 게 있으니까.

"자, 여기서 문제. 그러면 이 상황에서 우리 레미콘 기사님은 뭐라고 할까요?"

내가 돈에 눈멀어서 하지 말라고 한 일을 하겠다고 우겼다고 말할까? 아니면 일을 안 받아 가면 다시는 레미콘을 안 준다고 협박당했다고 말할까?

"우리 공장장님, 이거 어쩌나. 형량이 높아지시겠네."

노형진은 싱글벙글 웃었다. 그리고 그에게 아주 크게 말했다.

"그 대표님이 그러시던가요? '자료 삭제하고 그 책임을 지고 잠깐만 교도소에 들어갔다 오면 내가 너 팍팍 밀어준다.' 라고? 아니면 '어차피 자료 삭제 같은 건 그냥 집유나 벌금이 나올 테니 우리가 내줄게.'라고 하시던가요?"

정확하게 핵심을 찌르는 말에 공장장의 눈동자가 흔들렸다.

"그런데 어쩌죠? 상황이 이렇게 되면 말입니다."

노형진은 공장장의 어깨에 손을 올리며 말했다.

"공장장님도 민사소송은 못 피하시겠네요, 쯧쯧. 혹시 아파트 가지신 거 있어요?"

"어…… 없는데요?"

"저런, 가진 아파트도 없는데 남의 아파트 집값을 물어 주게 생겼네요."

안타깝다는 듯 말하는 노형진. 그리고 그 말에 입을 쩍 벌리는 공장장.

"그, 이혼당하실 것 같으니까 자녀분에게 빠이빠이 해 주세요. 교도소 갔다 온 아빠들은 보통 애들이 피하더라고요."

그 말에 공장장은 마음을 굳혔다. 절대로 자기가 뒤집어쓰지 않기로 말이다.

⚖

"이야, 그걸 그렇게 엮나?"

오광훈은 혀를 내둘렀다. 그도 물 탄 레미콘을 엮어서 타격을 주는 걸 좋은 방법이라 생각은 했지만 설마 날씨와 엮어서 타격을 줄 줄은 몰랐다. 아니, 누가 생각이나 했겠는가?

하지만 비가 오는 날씨에 콘크리트를 타설하는 것은 분명히 불법이다. 그래서 의외로 레미콘 회사들이나 건축 회사들은 날씨에 신경을 많이 쓴다.

물론 날씨가 안 좋다고 무조건 타설을 못 하는 건 아니다.

하지만 비가 많이 오는 와중에 타설은 금지다. 콘크리트 강도가 떨어지기 때문이다.

"그런데 그거 삭제하면 어쩌시려고요? 이제 그것도 알려졌으니 삭제하고 싶어 할 텐데요."

홍보석은 약간 걱정스럽게 말했다.

새로운 수사 기법은 좋지만 범죄자들도 그걸 막기 위해 필사적으로 노력하기 마련이다. 당장 판다 레미콘이 망하게 생기자 CCTV 영상을 삭제하고 있지 않나?

"아, 그건 삭제 못 합니다."

"네? 어째서요?"

"그걸 삭제하면 그날 판매했다는 기록이 사라지는 수밖에 없으니까요."

"그런데 그게 문제인가요?"

"문제죠. 기업 입장에서는 늑대 피하겠다고 호랑이 아가리로 들어가는 행위거든요."

"호랑이 아가리요?"

"매출 전표가 안 맞으니 바로 국세청을 소환하면 됩니다."

"아하!"

대한민국에서 기업이 가장 무서워하는 기관을 고르라고

하면 당연 국세청이다.

더군다나 건설 쪽은 그런 식으로 빼돌리는 게 엄청 많다. 그런데 납품도 안 맞고 매출도 안 맞는다.

"우리는 당당하게 국세청을 소환할 수 있게 되죠."

그리고 국세청이 탈탈 털면 레미콘 회사들은 거의 대부분 망할 거다.

"뭘 해도 도망 못 가는 거네?"

"당연하지. 누가 놔준대?"

"하여간 머리는 좋아요."

"그러니까요. 저는 이거 진짜 생각도 못 했는데."

노형진에게 말하면서 슬며시 들고 있는 영장과 다른 종이를 바라보는 홍보석.

"수도세라니. 누가 이걸 생각이나 했겠어요?"

"하하하, 수도세가 당연히 나올 겁니다. 안 그러면 물 도둑질이니까요."

공사 현장은 수도세를 낼까, 안 낼까?

당연히 낸다. 작은 현장은 물 도둑질을 안 하는 건 아니지만 거의 대부분 공사가 시작되면 별도의 수도 라인에서 정해진 수도관을 연결해서 물을 쓴다.

공사 현장에는 물이 엄청나게 필요하다. 사람들이 생각하는 것 이상으로 말이다.

화장실이야 절대다수가 그냥 간이 화장실이라지만 요즘은

간이 화장실도 냄새를 막기 위해 수도를 연결하는 편이다.

더군다나 법적으로 공사 현장에서는 먼지의 비산을 막기 위해 물을 뿌려야 하는 시점도 있다. 거기다 함바집에서 조리할 때도 물이 필요하고, 사람들이 퇴근하기 전에 씻을 때도 물이 필요하다.

심지어 트럭도 현장에서 오염물이 도로를 더럽히는 걸 막기 위해 흙이나 기타 토사 등을 가지고 나갈 때 최소한 차체를 물로 씻어 내야 한다.

실제로 그래서 트럭이 다니는 입구에는 언제나 물이 흥건하기도 하다. 사람이 사는 것보다 당연히 더 많은 물을 쓰는데 그걸 과연 도둑질할 수 있을까?

없다. 당연히 공사 현장은 그 물을 쓰는 걸 다 측정하고 그 요금을 낸다.

"그리고 대략적인 수도 사용량을 계산할 수 있지."

물론 평균을 내는 건 쉬운 일이 아니다. 하지만 이쪽에는 전문가들이 있다. 그런 걸 하라고 외부에서 데려온 거 아닌가?

"하긴 그 물을 타는 것과 안 타는 건 물을 사용하는 양이 완전히 다를 테니까요."

"맞습니다. 설마 미쳤다고 생수를 사다가 붓겠습니까?"

당연히 수도를 가져다 붓는다.

지하수? 물론 아예 수도가 안 들어가는 지방의 공사장이라면 지하수를 쓸지도 모른다. 하지만 이런 도시의 대단위 아파트에서 지하수를 쓰는 건 불가능하다.

"결국 수도를 쓸 수밖에없죠."

그리고 이미 수사 초기 노형진은 건설 전문가들에게 그간의 통계를 바탕으로 평균 수도 사용량을 계산해 달라고 부탁했고, 결국 그 결과가 나왔다.

"그런데 이렇게 차이가 날 수가 없는데 말이죠."

"그러니까요."

물론 매일같이 똑같은 양을 쓰는 건 아니다. 그러니 어느 때는 많이 쓰고 어느 때는 적게 쓸 수밖에 없다.

하지만 그것도 어느 정도지 그 차이가 달마다 100톤씩 차이가 나는 것은 비정상적일 수밖에 없다.

애초에 아무리 물이 많이 쓰는 곳이 공장이라고 해도 결국 사용되는 곳에만 사용된다. 사람들이 직접 쓰는 것, 차량 세척 등등.

정작 건물 내부에 올릴 때는 소량의 물만 사용한다. 왜냐, 타설할 때 물이 섞이면 안 되니까.

실제로 건설 현장에서 몇백 톤의 물을 찾는 건 쉬운 일이 아니다. 수영장도 없고 보관할 곳도 없으니까.

"그런데 그게 주기적으로 확확 늘어난단 말이죠."

매달 주기적으로 확확 양이 늘어난다. 그런데 그 물은 과연 어디로 갈까?

"타설할 때 물을 섞었다는 소리네."

"정답. 그런데 물을 섞을 때 1, 2리터만 섞겠냐?"

그냥 수도를 틀어 두고 하염없이 물을 들이붓는다. 그리고 그건 못해도 수십 톤은 된다. 수영장 하나 채우는 데에도 하루 종일 걸리는데, 거기다 계속 물을 틀어 두니까.

그리고 원래 규정대로라면 한창 올리는 데 걸리는 시간은 10일에서 12일 내외. 그런데 5일에서 7일 사이에 갑자기 물을 쓰는 양이 폭증한다.

"그 말은 규정도 어겨 가면서 물을 신나게 들이붓는다는 거지."

지금까지 누구도 수도세에 대해 신경을 쓰지 않았다. 하지만 수도세에 대해 신경 쓰고 그걸 수사 기법으로 조사해 버리면 건설사 입장에서는 콘크리트에 물을 섞기가 힘들어진다.

수도는 집중 감시 대상이 될 테니까.

그걸 막기 위해서는 살수차를 불러야 하는데, 애초에 살수차가 하루에 수십 톤을 가져오면 눈에 안 띌 수가 없는 데다 애초에 살수차가 마냥 싸지도 않다.

"자, 과연 우리 관리소장님이 이 수도세를 보면서 무슨 말을 할지 궁금해지네, 후후후."

⚖️

"저희는 모릅니다."

"그래요? 그러면 이 수도세는 어떻게 나온 겁니까?"

"그……."

"참 신기하지 않아요? 딱 6일마다 정확하게 그날 하루 따박따박 물이 수십 톤이 들어갔는데 여기는 아무것도 없단 말이죠."

노형진은 주변을 보면서 아주 차갑게 말했다.

"제가 보기에는 작업 일정표와 비교하면 콘크리트 타설 작업과 정확하게 일치할 것 같은데."

"증거 있어요? 증거 없잖아요!"

공사 현장을 관리하는 관리소장은 악에 받쳐서 소리를 질렀다. 그럴 수밖에 없었다.

'걸리면 끝장이야.'

전에는 물을 타든 말든 신경도 안 썼다. 애초에 타는 게 당연한 거였다. 그렇게 지은 집이 어디 한두 채란 말인가?

그러다 문제가 생긴다? 그때는 회사가 그리고 주택공사가 알아서 할 문제지 그의 문제가 아니었다.

하지만 지금은 사정이 다르다. 왜냐, 그가 현장 책임자니까.

현장 책임자인 이상 문제가 생기면 그가 독박을 써야 한다. 더군다나 이번에는 과거처럼 적당히 꼬리 자르기가 되는 것도 아니었다.

'망할 새론.'

새론, 아니 거의 모든 변호사들이 이게 돈이 된다고 생각하고는 기를 쓰고 어떻게든 피해자들을 모아서 소송 중이다.

실제로 이미 재산을 압류당한 사람이 한둘이 아니었고 심지어 그중 일부는 자살했다. 그런 죽음의 그림자가 눈앞까지 닥쳐오자 관리소장은 악다구니를 쓸 수밖에 없었다.

"증거 없잖아! 누구한테 누명을 씌우는 거야!"

"얼씨구?"

오광훈은 그렇게 악다구니를 하는 관리소장을 보고 기가 막혀서 한 소리 하려고 했다.

"당신 말이야."

"자 자, 진정하고."

노형진은 그런 오광훈을 말렸다.

"그렇게 싸워 봤자 안 바뀌어."

관리소장은 자기가 살아야 한다. 그러니 무조건 모른다고 할 거다.

"어차피 이거 증거 싸움으로 들어가면 우리가 이기는 거 알잖아?"

"끄응, 그거야 그렇지."

일단 이 막대한 수도세가 문제가 된다. 아무리 회사에서 변호사를 써서 변명한다고 해도 이렇게 막대한 수도세에 대해 변명하는 건 쉽지 않을 거다.

"그럴 때는 말이지, 이렇게 싸우는 거야."

노형진은 싱글벙글 웃으며 그 관리소장에게 다가갔다. 그러고는 핸드폰을 꺼내서 내밀며 말했다.

"자, 다시 한번 말해 보세요."

"뭐…… 뭘?"

"나는 아무것도 모른다. 나는 콘크리트에 물 탄 적 없다."

"당연히 없지. 누가 물을 탔다는 거야?"

"그래요? 그러면 콘크리트에 강성 조사해도 문제가 없겠네요?"

"……."

그 말에 아무런 말도 못 하고 그냥 침묵만 지키는 관리소장. 그리고 그런 소장에게 노형진은 아주 친밀하게 물었다.

문제는 그게 실제로는 '나는 웃으면서 너를 죽여 버리겠다.'라는 의미에 가깝다는 것이었지만 말이다.

"그러니까 말이죠, 확실하게 말씀해 주세요. 콘크리트에 물 탔어요, 안 탔어요?"

"안 탔다니까요."

아까와 다르게 존대가 들어가기 시작하는 소장. 그런 소장에게 노형진이 고개를 끄덕거리면서 말했다.

"그러면 이 수도세는 뭔가요?"

"그……."

그 말에 관리소장은 할 말이 없었다.

확실히 그건 약점이었다. 뭔가에 썼다고 주장해야 하는 지금 저쪽은 이미 전문가들이 붙어 있다.

단순히 설계 전문가들이나 과학 전문가들이 아니다.

실무자들 역시 상당수 고용했고 그들은 건설 현장에서 물을 언제 어디서 어떻게 얼마나 쓰는지 알고 있었다. 매달 수백 리터 정도야 오차가 있겠지만 매달 수십 톤의 오차는 말이 안 된다.

"아아~."

그리고 노형진은 그 부분을 놓치지 않았다.

"한 가지 가능하기는 하네요."

"가능?"

"네, 고의적으로 회사에 피해를 주기 위해 수도를 틀어 두는 거."

"오, 확실히 그건 불가능한 게 아니지."

오광훈은 다 안다는 듯 고개를 끄덕거렸다.

"가끔 그런 경우가 없는 건 아니거든. 자기들 딴에는 나름 소소한 복수를 한다고 생각하더라고."

회사가 미워서 또는 회사가 짜증 나서 고의적으로 피해를 주려는 사람들이 아주 없는 건 아니다.

물론 그런 피해라고 해 봤자 그다지 크지도 않고 대부분 커피 두 번 먹기 또는 종이컵 일회용으로 자주 쓰기같이 진짜 티도 안 나는 방식으로 복수 아닌 복수를 한다.

당연히 대부분은 그냥 자기 기분을 푸는 행위일 뿐, 복수라고 볼 수는 없다.

"하지만 가끔 아예 미친놈이 없는 건 아니란 말이지."

오광훈은 알 것 같다는 듯 피식 웃으며 말했다.

"어디 보자, 수돗물을 한 달에 대략 40톤을 더 쓰면 돈이 얼마냐?"

"뭔 소리야? 하루에 왜 고작 40톤이야?"

"하루에 최소 그 정도는 잡아야 하지 않을까?"

"아하!"

확실히 하루에 물을 많이 쓸 때는 40톤 이상 쓴다.

아니, 백 톤 단위로 쓰는 경우도 많다.

사람들은 물을 쓰는 거에 대해 톤 단위라고 하면 엄청 많다고 생각하지만 물은 무게가 무거운 물질이다.

당장 목욕탕 하나 채우는 데에 필요한 물만 해도 수백 킬로그램이다. 그리고 생각보다 그걸 채우는 데 얼마 안 걸린다.

하루 종일 물을 틀어 둔다? 생각보다 많은 타격을 입힐 수 있다. 실제로 어떤 중국인이 자기 말대로 안 했다고 숙소에 수도란 수도는 다 틀어 두고 도망간 적이 있는데 그 당시에 그 사람이 낸 수도세가 100만 원을 훌쩍 넘겼다.

단 며칠 사이에 벌어진 일이고 수돗물의 단가가 톤당 몇백 원인 걸 생각하면, 진짜 작심하고 틀어 둬서 수백만 원의 피해를 입히는 건 어려운 일이 아니다.

"못해도 매달 1천만 원 이상 피해를 줄 수 있지 않을까요, 그 정도면?"

홍보석조차도 노형진과 오광훈이 뭘 노리는지 알아차린 듯 빠르게 계산하면서 미소 지었다.

"어디 보자……. 그러면 그거 뭐가 되나?"

"그건 아무리 봐도 사보타주 행위에 들어가죠. 그러면 업무상 배임이 되겠네요. 아니다. 더군다나 고의적으로 피해를 입힌 거니까 처벌도 강해지겠는데요?"

홍보석의 말에 소장의 얼굴에 공포가 서렸다. 자신이 보호하려던 회사가 반대로 자신을 공격할 수도 있는 상황이기 때문이다.

"아닙니다. 진짜로 나는 회사에 최선을 다해서 충성했습니다."

"그래요? 하지만 그러면 이 막대한 수도세가 말이 안 되는데요?"

상식적으로 이렇게 물을 많이 쓸 이유가 없으니까 관리소장으로서는 할 말이 없었다. 그랬기에 그는 눈을 데굴데굴 굴릴 수밖에 없었다.

"음, 부정을 안 하는 거 보니까 이거 아무래도 고의적인 사보타주 맞지?"

"그러고 보니 아까 보니까 아예 대놓고 물 틀어 놨던데?"

"이거 사보타주 행위로 긴급체포 해야 하는 거 아닌가요?"

세 사람의 압박에 관리소장은 침이 바짝바짝 말랐다.

물론 어떻게 보면 말도 안 되는 소리다. 하지만 변호사 두

명과 검사 한 명이 그렇게 몰아붙이는데 할 말이 없었다.

'그리고 회사 입장에서도 자기가 살아야 하니까.'

수도를 틀어 둔 게 일종의 사보타주 행위라고 관리소장에게 죄를 뒤집어씌워 준다면 과연 회사가 그걸 막을까?

아니다. '저희들이 시멘트에 물 타라고 했습니다.'라고 말하는 순간 막대한 손해배상을 당할 수밖에 없다.

그리고 그렇게 되는 걸 막기 위해 회사는 책임을 뒤집어씌우려고 할 거다.

"……."

그래도 애써 말을 안 하려고 하는 소장.

'확실히 단순히 충성은 아니네. 하긴, 뭐 뻔하지.'

이런 건설 현장에서 원자재를 빼돌리는 거야 딱히 비밀도 아니다. 아주 대놓고 빼돌리는 인간들도 많다. 심지어 어떤 사람은 용접공이었는데 하루 종일 철근을 자르는 일에 동원되었다고 욕하기도 했다.

철근 자르는 게 물론 잘못된 일은 아니다. 현장에서도 사이즈에 맞게 써야 하니까.

문제는 외부에 팔아먹을 수 있는 철근은 자투리 철근이어야 한다는 것이다.

철근은 매우 길다. 그런 철근이 그 길이 그대로 밖으로 실려 나가는데 눈에 안 띌 리가 없으니 현장에서나 써야 한다.

그리고 용접공은 인건비가 비싼 직종이다. 그런데 그런 사람을 회사 돈으로 고용해서 하루 종일 그것만 잘랐다?

상황마다 다르지만 그렇게 자주 자를 일이 없을뿐더러 애초에 절단은 용접보다는 쉽기에 전문가를 고용해서 자를 이유가 없다.

철근의 목적은 콘크리트와 결합해서 건물을 유지하는 것이니 짧은 필요가 별로 없으니까.

그런데 철근을 수백 수천 개로 자른다는 것은 그걸 외부로 반출하기 위해 자투리 철근 길이가 될 때까지 잘라야 한다는 걸 의미한다. 그리고 실제로 그렇게 수톤에서 수십 톤 단위로 빼돌리는 게 일상이다.

그 용접공이 이야기한 게 바로 그거다. 자신이 자른 수십 톤의 철근이 제대로 건설 현장에 투입될 가능성은 없으니까.

'안 봐도 뻔하지.'

아마도 높은 확률로 회사는 알 거다. 그리고 이번에 압박을 가했을 것이다. '네가 책임지고 빵에 갔다 와라.' 그리고 걸린 이상 소장은 거절하기 힘들 거다.

'그러니 이런 식으로 압박해 봐야 아무런 말도 못 하겠지.'

민사소송? 그것도 돈이 있을 때의 이야기다.

아마도 이 관리소장은 회사에 걸린 시점에 자신이 빼돌릴 수 있는 건 다 빼돌려서 감춰 놨을 거다.

'그러니 민사소송을 해 봐야 딱히 나올 것도 없고.'

민사소송도 그걸 빼돌릴 틈이 없을 때나 효과를 발휘하지,

이미 빼돌린 상황이라면 아무런 효과도 없다.

"자, 소장님. 그러면 한 가지 협조 요청을 하죠."

"협조 요청이요?"

"네, 여기에서 일하는 노동자들을 다 불러 주시겠습니까?"

"……."

그 말에 관리소장은 어쩔 수 없다는 듯 고개를 끄덕거렸다. 자기가 독박을 뒤집어쓰기로 했다지만 그런 것도 안 해 줄 수는 없으니까.

그렇게 잠시 후, 수백 명의 노동자들이 모였다. 그들은 불안한 눈빛으로 노형진을 바라보았다.

"자, 여러분."

노형진은 그들을 보면서 스피커를 통해 핵폭탄을 던졌다.

"여기에서 콘크리트에 물 타는 거 작업하신 분들 제보받습니다."

"……!"

그러나 예상대로 누구도 나서지 않았다. 그러자 노형진은 아주 크게 그들에게 말했다.

"여러분은 현시점에서는 시키는 대로 한 거니까 어쩔 수 없었다는 거 압니다. 여러분은 관리자가 아니니까요."

확실히 그런 건 있다. 현장 관리소장이야 현장 책임자고 레미콘 트럭을 운전하는 기사들은 개인 사업자이기에 각자 책임져야 하지만 여기 있는 대부분은 아니다. 그렇기에 책임을 묻기가 애매해진다.

"그런데 말입니다, 그건 어디까지나 제보가 들어오기 전에 자수했을 때의 이야기입니다."

"제보라니요?"

"지금 나서서 말씀하신다면 아직은 신분이 제보자 또는 내부 고발자라는 거죠."

그 말을 이해하지 못한다는 듯 서로를 마주 보는 사람들.

'당연하겠지. 여기 있는 사람들의 절대다수는 외국인일 테니까.'

이미 건설판에 외국인이 들어온 지 오래다. 특히나 중국인과 러시아인이 절대적으로 많았다. 원래 역사에서는 절대적으로 중국인이 많았지만 노형진이 러시아 전쟁에 대비해서 러시아 노동자에 대한 입국을 늘리게 했고, 그들은 우월한 피지컬을 기반으로 이런 건설 현장에서 많이 일하고 있었다.

'그리고 그건 생각보다 중요하거든.'

척 봐도 이 현장은 절반 정도는 러시아인이다. 그것도 20대에서 30대 정도의.

"만일 내부 고발자라면 문제가 없지만, 제보에 따라 공범으로 처벌받으면 추방됩니다."

"으헉!"

"추방!"

그 말에 몇몇 러시아인들이 소리를 질렀다. 아마도 그들은 한국어를 어느 정도 알아들을 수 있는 사람들일 것이리라.

"그게 뭐야요?"

그리고 아직 추방이라는 말에 익숙하지 않은 다른 러시아인들이 모여들어서 질문을 던졌다. 보통 추방이라는 단어를 잘 쓰지 않으니 어찌 보면 당연한 일이었다.

그리고 돌아온 대답에 러시아 남자들 모두 얼굴이 창백해졌다.

"ссыла́ть(추방)!"

"그러면 우리는 다 죽어요!"

추방이라는 말에 다들 기겁했다. 그럴 수밖에 없었다.

지금 러시아는 전쟁 중이다. 그들이 아무리 한국에 와 있다지만 친척들이나 뉴스를 통해 러시아에서 어떤 일이 벌어지고 있는지 누구보다 잘 알고 있다.

지금 러시아에서는 사람이 부족해서 닥치는 대로 끌고 가고 있다. 징집령을 내렸지만 그래도 부족한 상황이라 길을 가는 사람을 강제로 전쟁터로 끌고 가고, 그것도 부족해서 대학교에 가서 수업을 듣던 학생들을 강제로 끌어내고 회사에 들이닥쳐서 일하고 있던 남자들을 닥치는 대로 끌고 가고 있다.

그런데 그런 상황에서 러시아로 추방? 집에 가기도 전에 아마도 공항에서 바로 전쟁터로 바로 끌려갈 거다.

생존률이 10%도 안 된다는 그 지옥으로 말이다.

이들 중 상당수는 일도 일이지만 죽음이 두려워서 도망친 사람들이다. 그런데 가서 죽이라니?

'중국인들하고는 좀 다르단 말이지.'

중국인들이야 중국으로 돌아가도 죽지는 않을 거다. 더군다나 조선족의 경우는 한국에서 오랜 시간을 살아서 이게 반쯤은 겁주기 위한 거라는 것 정도는 안다.

'하지만 러시아 사람들은 그게 아니지.'

백의 하나, 아니 만의 하나라도 진짜로 추방되면 자신은 죽는다. 높은 확률로 죽는다가 아니라 진짜로 죽일 거다.

살기 위해 한국으로 도망갔던 사람을 살려 둘 정도로 착한 러시아 군대가 아니다. 무조건 최전선으로 내몰 거고 포탄에 죽든 총맞아 죽든 죽을 거다.

어찌어찌 살아남는다고 해도 약속된 제대 기간 직전에 그냥 자기들끼리 죽여서 묻어 버릴 거다.

러시아 군대란 그런 곳이다. 당장 지금도 형벌부대처럼 후퇴하는 아군을 머리통을 박살 내는 마당에, 이미 도망간 경력이 있는 놈들을 살려 둘 리가 없다.

"물론 내부 고발자라면 이야기가 다르죠. 보호 대상입니다."

노형진은 싱글벙글 웃으며 말했다.

"그리고 공사 현장은 넘칩니다. 다른 데서 일하셔도 되고요."

여기서 일 안 한다고 해도 상관없다. 어차피 한국에 공사판은 널리고 널렸다. 그리고 아무리 대기업이라고 해도 익명으로 이루어지는 제보를 캐서 조사하고 공사판에서 일하는 걸 막는 건 불가능하다.

"저요! 제가 압니다!"

아니나 다를까, 러시아 남자 한 명이 손을 번쩍 들며 소리질렀다.

"아, 그래요? 다행이네요. 그러면 혹시 통역 가능하십니까?"

"네, 가능합니다."

그러자 그 러시아 남자는 뭐라고 러시아어로 외쳤고, 절대다수의 사람들이 손을 들기 시작했다.

그리고 그런 분위기에 중국계 노동자들도 술렁이기 시작했다. 그도 그럴 게 중국계 노동자들은 대부분 한국어를 어느 정도 알아듣기 때문이다. 하지만 '나만 아니면 돼.'라는 중국식의 사상에 길들여져 있기에 모른 척하고 있었을 뿐이다.

중국에서는 섣불리 나섰다가 도리어 죄를 뒤집어쓸 수 있기에 바로 앞에서 강간이나 도둑질이 벌어지고 있어도 그걸 무시하는 게 일반적이기 때문이다.

하지만 나머지 절반의 러시아인들이 갑자기 적극적으로 나서기 시작하자 그들도 불안해지기 시작한 것이다.

"나도 알아요! 나도!"

"나도 봤어요."

"내가 물 부었어요! 위에서 시켰어요!"

그리고 그걸 보면서 현장 관리소장의 얼굴은 창백해지기

시작했다.

"물 안 부었다고요?"

노형진은 코웃음 치면서 관리소장을 바라보았고, 그 말에 소장은 고개를 푹 숙였다.

부패한 건 다 마찬가지

"돌겠군."

말 그대로 지옥 같은 일이 벌어지고 있었다. 조사 결과 문제가 될 게 없다면 그냥 넘어가고 있었다.

"사장님, 지금 노형진 특검이 죄다 공사 현장을 들쑤셔 놔서……."

"아니, 이게 일이 이렇게 커질 일인가? 그냥 돈 좀 받고 모른 척하면 될 일이잖아?"

주택공사의 사장은 숨이 막혀서 미칠 것 같았다. 자신이 이룩한 모든 게 무너지고 있었다.

"건설사들은 뭐래?"

"일단 공사 현장에 레미콘의 공급이 끊어졌는데 그걸 해결

하기가 쉽지 않다고…….”

“아니, 씨팔. 그러면 어쩌라는 거야?”

레미콘 기사들이 수사받으면서 계속 소환 조사를 당하자 일부는 혹시나 재산이라도 털릴까 두려워서 레미콘 차량과 자격을 매물로 내놓고 있었다. 당연히 그만큼 레미콘 공급은 쉽지 않았다.

“일단 가장 큰 문제는 현장입니다.”

“당분간 물만 안 타고 철근만 안 빼먹으면 그만이잖아!”

“안 됩니다, 사장님. 그러면 하중이 더 쏠립니다.”

“뭐?”

“아래층부터 올리는데 당연히 위가 무거워지면…….”

아래서 빼먹을 거 다 빼먹었는데 위에서 눈치 보면서 제대로 지으면 어떻게 될까? 당연히 아래보다 위가 더 무거워지고, 그러면 건물이 무너질 가능성이 아주 높아진다.

“그 당분간만 버티면 되는 거잖아!”

그러나 사장은 상관없었다. 자신이 처벌받지 않을 정도만, 그리고 문제가 되지 않을 정도만이면 된다. 그 후에 건물이 무너져서 떼로 몰살을 당하든 말든 그건 알 바가 아니다.

“그게…… 그 부분은 저희가 일단 어떻게 할 수 있는데…….”

“그런데?”

“그게…… 검사하는 놈들이 문제입니다.”

“검사하는 놈들?”

"비파괴검사 하는 놈들 말입니다."

그놈들을 속이는 건 절대로 쉽지 않다. 전문가들이니까 애초에 D등급 아파트도 그 새끼들이 아가리만 닥치고 있었으면 문제 될 게 없었다.

그런데 그 새끼들이 아가리를 털었고, 그래서 문제가 된 거다.

주택공사 차원에서 일감을 주지 말라고 하고 다른 기업들에도 그곳에 일감을 주지 말라고 했다. 하지만 이미 터졌고, 그래서 문제가 된 것이다.

"개 같은 새끼들. 하청이나 받아서 처먹고 사는 새끼들이⋯⋯."

이를 뿌드득 가는 주택공사의 사장. 하지만 이 모든 게 시작된 이상 이미 때늦은 복수였다.

"그 특검에서 건물마다 죄다 검사할 모양입니다."

"죄다?"

"네."

"돈이 썩어 넘치나?"

"문제는 그걸 막을 수 없다는 겁니다."

너무 많은 증거가 있었다. 레미콘 회사에 레미콘 기사에 날씨에, 거기다가 현장에서 일했던 근무자들까지.

비파괴검사가 싼 건 아니지만 그렇다고 해서 못 할 정도로 비싼 게 아니기에 하려고 한다면 특히 지금처럼 부실 공사에 대한 증인이 많다면 안 할 수도 없다.

더군다나 비파괴검사는 장비가 비싼 거지, 뭔가 추가 비용이 많이 들어가는 게 아니다. 당연하게도 검사가 많아질수록 단가가 낮아질 수밖에 없다.

규모의 경제가 제대로 적용되는 게 비파괴검사이니 낮은 가격에 전국에 있는 모든 아파트를 검사할 수 있는 정도로 가격이 낮아질 수도 있다는 소리였다.

"끄응……."

그 말에 고민하던 사장은 목소리를 낮췄다.

"이봐, 김 이사."

"네, 대표님."

"다른 놈들에게 경고해 주는 게 좋지 않겠어?"

"경고요?"

"허튼짓 하지 말라고 말이야."

"아아~."

그 말에 김 이사는 고개를 끄덕거렸다.

"그것도 좋지요."

"미리 언질 좀 해 줘, 알아서 잘하라고."

"네, 대표님."

"내가 어쩌다 이런 꼴이 된 거야……."

짜증 난다는 듯 그는 의자에 기대어 한숨을 푹 쉬었다.

그러나 그는 몰랐다. 노형진이 그걸 모두 예상하고 있다는 걸 말이다.

"검사 결과를 믿지 말라고?"

"그래. 믿지 마, 절대로."

"아니, 왜?"

"일하는 건 특검이지."

"그런데?"

"특검의 수명은 짧아. 그런데 기업은 수명이 길지."

"그래서?"

"비파괴검사 하는 곳은 얼마 안 되고, 그들은 기업에서 일감을 받지."

"아하! 무슨 말씀 하시는지 알겠어요."

홍보석은 노형진의 말에 인정한다는 듯 고개를 끄덕거렸다.

"확실히 비파괴검사 하는 곳은 한정적이죠."

"맞습니다."

그런데 그들이 일을 받는 곳은 황당하게 이쪽에서 진실을 밝혀내야 하는 기업들이었다. 그렇다 보니 현실적으로 수많은 곳들에서 온갖 비리가 튀어나올 수밖에 없었다.

'원래 역사에서도 그랬으니까.'

당장 건물이 무너져서 사람이 그렇게 죽어 간 건물도 최초

검사에서는 뭐라고 나왔느냐? 황당하게도 '사용 가능'이라는 판정이 나왔다.

상식적으로 완성된 것도 아니고 건설 중인 건물이 무너졌는데 사용이 가능할 리가 없다. 애초에 무너지면서 발생하는 충격이 건물 자체를 비틀었을 테니까.

하지만 조사 업체는 사용 가능이라고 했고, 그래서 그 건설사는 건물을 무너진 상부층만 철거하고 나머지는 그대로 쓰겠다고 했다가 항의를 받고 어쩔 수 없이 전부 철거하겠다고 했다.

"우리는 오래 안 가지만 뇌물과 일감은 오래간다 이거네."

"맞아. 이번에 D등급을 낸 회사 알지?"

"환상엔지니어링?"

"그래, 거기에 대해 확인해 봤는데 그 결정 이후로 아무것도 일을 못 받아서 회사가 통째로 매물로 나왔다고 하더라."

노형진의 말에 오광훈도, 홍보석도 눈을 찡그렸다. 그런 줄은 몰랐으니까.

하지만 노형진은 이미 예상했고, 그래서 그곳에 대해 알아보라고 한 것이다.

"생각해 봐. 너 같으면 규정대로 일해서 자기 회사에 타격 주는 곳을 기업들이 선호할 것 같냐?"

"아…… 하긴, 그것도 되게 웃기기는 하네."

제대로 건물을 지으면 문제 될 게 없다지만 애초에 그럴 생각이 없는데 그렇게 검사하는 놈들을 좋아할 리가 없다.

더군다나 그런 놈들이 혀를 잘못 나불거리면 회사가 망할 정도로 심각한 타격을 입는다.

"당연히 통제하려고 하지."

말 잘 듣는 놈들을 이용하고 말 안 듣는 놈들은 잘라 낸다.

"딱히 이상할 것도 없잖아? 내가 왜 감리를 경쟁사에서 고용하라고 했는데?"

"하긴 그러네요."

감리라는 게 애초에 생긴 이유가 뭔가? 건물 잘 짓고 있나 확인하라고 만든 거다. 그런데 건설사가 고용하는 형태다 보니 감시 대상이 돈을 주니 찍소리도 못 한다.

"기업에는 미안하지만 말이지, 감사나 감시라는 것에 있어서 색안경은 필수거든."

'상대방이 뭐든 범죄를 저지르고 있을 거다.' 즉, 상대방은 범죄자라는 색안경을 끼고 이 잡듯이 뒤져야 감사나 감리가 제대로 이루어진다.

"그런데 감시를 받아야 하는 놈들이 감시해야 하는 사람들에게 임금을 주는 상황에서 뭐가 가능하다고 생각해?"

"하긴 그건 그러네요?"

홍보석은 고개를 끄덕거렸다. 자신이 생각해도 말이 안 되니까.

"도둑에게 도둑질 예방을 맡기는 셈이네."

"맞아. 그렇지."

그래서 감리가 사실상 유명무실해졌기 때문에 노형진이 돈을 주는 주체를 바꿔서 그나마 안정적으로 하라고 한 거다.

"문제는 그것도 한계가 있다는 거지."

"이번 주택공사처럼 절대 갑이 끼어 있는 경우에는 작동 안 하기는 하죠."

"그것만이 아닙니다. 결국 시간이 지나면 서로 거래할 겁니다."

"거래라……. 그래, 무슨 말인지 알겠네."

기업 간 거래. 물론 그게 합법적인 거래는 아닐 거다. 아주 높은 확률로 불법일 거다.

"야, A라는 공사 현장에서 '너희 거 봐줄게. 대신 내가 맡은 B현장 봐줘.'라는 소리가 안 나올 리가 없죠."

"하긴 그러네요."

처음에는 눈치를 봐 가면서 조용히 있지만 정부의 감시가 약해지거나 주변에서 경계가 약해진다면 당연히 별의별 짓을 다 하는 게 기업이다.

"당장 건설판이 개판 된 것만 봐도."

한국은 이미 부실 건축에 대한 고난을 여러 번 겪었다. 백화점이 무너져서 수백 명이 죽었고 멀쩡하던 다리가 무너져 내리기도 했다.

그리고 그 당시에 온갖 규정이 바뀌었고, 그걸로 충분할 거라 믿었다. 실제로 그 당시에 지은 건물들은 재건축하자고 해도 안전 등급이 너무 높게 나와서 재건축 허가가 안 나오는 곳들이 많다.

수십 년 전이지만 안전 규정을 지키자 엄청나게 튼튼하게 지어진 거다. 그런데 수십 년간 건축 기술은 더더욱 발전했는데도 불구하고 새로 지은 건물이 D등급이 나온다? 그렇다면 시스템이 약해진 걸까?

아니다. 시스템은 그대로다. 다만 돈과 뇌물의 힘으로 그걸 뚫기 시작한 거다. 경계가 약해졌으니까.

"결국 감리도 마찬가지지."

처음에는 악착같이 하던 사람들도 돈 주고 뇌물 주고 접대를 해 주기 시작하자 눈어 돌아가기 시작한 거다.

그 누가 먼지로 가득한 공사 현장에서 눈을 부라리면서 하루 종일 있고 싶겠는가? 술집에서 여자 끼고 신나게 놀고 싶어 하지.

그리고 회사 입장에서는 술에 여자에 돈을 끼워 줘도 그것보다는 훨씬 남으니 당연히 결탁하는 거다.

"그러면 검사는?"

"더더욱 그러겠지."

"어째서?"

"너 송정한 대통령 성격 모르냐? 이번 일을 그냥 넘어가겠냐?"

당연히 그냥은 안 넘어간다. 실제로 지금 송정한은 특검과 자문 위원들 그리고 전문가들을 불러서 이걸 막을 수 있는 방법을 찾고 있다.

"일단은 내가 제시한 방법은 재건축 비용을 건설 기업과 감리 기업이 모두 책임지는 거야."

부실 공사를 한 놈들은 당연히 책임져야 한다. 그러나 그 감리를 보낸 기업도 애초에 재건축해야 할 정도의 건물을 못 알아본다는 게 말도 안 되니 결국 어떤 거래를 통해 그 사실을 모른 척한다고 봐야 한다.

그랬기에 제3의 기업이 재건축을 맡을 경우 건설 기업과 감리 기업 양쪽에서 그 돈을 내라고 법을 만들라는 것.

"그거 까딱 잘못하면 회사 두 군데가 동시에 망하겠는데요?"

"그러라고 그렇게 한 겁니다."

건설한 회사는 건설 비용에 재건축 비용도 엄청나게 들어가니 당연히 망할 가능성이 높아지고, 감리만 한 회사도 새로 재건축하는 건물의 공사비의 절반을 갚아야 하니 당연히 어마어마한 적자가 될 거다.

"하기야, 거래라는 게 뻔하니."

그런 상황에서 한다는 거래가 고작 룸살롱이나 돈 정도가 아닐 거다. 서로 간의 부실 공사의 은폐일 수밖에 없고 A라는 기업이 걸린 시점에 B라는 기업 역시 걸린 거라고 봐야 한다.

"그래, 그래서 더더욱 이번 기회에 정리해야 하고."

"비파괴검사를 하는 회사들 말인가요?"

"송정한 대통령님은 여러 가지 가능성을 생각 중이십니다. 그중에서 가장 가능성이 높은 것 중 하나가 바로 비파괴검사의 의무화입니다."

"아하!"

지금까지 그런 건 없었다. 실제로 그 안건이 나온 건 몇 번 된다. 하지만 그때마다 건설사들은 눈을 까뒤집으면서 반대했고 그때마다 정치인들의 주머니로 두둑하게 돈이 들어왔다.

애초에 비파괴검사라는 게 아무리 비싸도 아파트 건설에 들어가는 비용에 비하면 진짜 새 발의 피도 안 되는 금액이다.

그럼에도 불구하고 기업들이 그렇게 비파괴검사를 왜 반대하겠는가? 자기들이 해 처먹을 수 있는 가능성이 완벽하게 차단되는 게 바로 비파괴검사이기 때문이다.

사후 분양? 물론 그게 대안이 될 수는 있다. 하지만 그런 식으로 사후 분양을 하면 건설사가 많이 망할 수밖에 없고, 사실상 일부 대형 건설사들이 독점하는 구조가 된다.

더군다나 그런 사후 분양도 국민들을 속이는 건 어렵지 않다. 국민들이 건물을 살 때마다 비파괴검사를 해 가면서 검사하고 안전을 확인하는 게 아니니까.

그 D등급 아파트도 겉으로는 아주 멀쩡했기에 사람들이 그 비싼 돈을 주고 입주한 거다.

아마 처음부터 외벽에 금이 쩍쩍 가고 개판이었으면 당장 입주 거부에 소송이 터져 나왔을 거다.

　　실제로 D등급이라고 해도 외부가 멀쩡하면 사람들은 속는다. 애초에 사람들이 눈으로 불안함을 느끼고 입주를 거부하기 위해서는 E등급 정도가 나와야 하는데, E등급은 아예 입주자를 강제로 내보내야 하는 최악의 안전 등급이니 그런 건물은 철거밖에 답이 없다.

　　"그러면 뭐가 답이겠습니까?"

　　"비파괴검사가 답이겠네요."

　　아예 초장부터 확실하게 건물이 안전하다고 확인해 두면 그다음에 수리는 알아서 해야 할 문제다. 시설이나 내부 장식은 리모델링을 하는 사람의 마음에 달린 거니까.

　　"맞습니다. 문제는 그런 비파괴검사가 의무화되면 비파괴검사들을 하는 기업들이 대기업의 눈치를 볼 수밖에 없다는 거죠. 지금 감리도 썩을 대로 썩어서 뇌물 받아 처먹고 조작하는데 그들이라고 그러지 말라는 법은 없지요."

　　대기업에서 일을 받아야 하는 하청의 특성상 어쩔 수 없이 그들의 눈치를 봐야 한다.

　　"그러면 그 감리처럼 경쟁사에서 하는 걸로 하면 되잖아?"

　　"그게 안 되니까 문제야."

　　"어째서?"

　　"감리는 자격증이지만 비파괴검사는 기업이거든."

노형진의 말을 오광훈은 이해하지 못해서 눈을 찡그렸다. 그 모습을 본 노형진은 좀 더 쉽게 설명해 줬다.

"자격증은 그 사람에게 영구적으로 귀속되지. 그 사람이 은퇴할 때까지 말이야."

심지어 이런 감리 자격증은 나이 제한도 없다. 나이 구십 먹고도 하려면 못 할 게 없다는 소리다.

"그런데?"

"그런데 기업은 말이지, 새로 만들면 그만이거든."

"새로 만들면 그만?"

"그래, 적당히 가짜 기업을 만들어서 한 2년 정도 운영하다가 폐업 처리하고 새로 기업을 만들어서 다시 운영하면 되거든."

"아하!"

진짜 어지간히 개판이 아닌 이상에야 2년 안에 건물이 무너지거나 하지는 않을 거다. 그러니 그사이에 기업을 폐업 처리한다면? 책임질 놈이 없어지는 거다.

"거대한 건설사와는 다른 거지."

거대한 건설사는 그 덩치가 있기에 폐업이나 창업이 힘들다. 그래서 기업 간 건설사 거래는 종종 있어도 새로운 창업은 별로 없는 거다.

시장에 건설사가 포화 상태인 것도 있지만 신생 회사들을 믿는 사람이 없으니까.

"대룡만 해도 그렇잖아."

대룡건설도 지금은 주요 건설사 중 한 곳이고 아파트도 짓는 곳이지만 원래 대룡건설의 시작은 기업 내 공장 건설이었다. 대룡에서 만들었지만 누구도 그들에게 일감을 맡기지 않았기 때문이다.

대룡이라는 나름 믿을 만한 이름을 걸고 나왔는데도 그 지경인데 과연 그게 아닌 경우 성공 가능성이 얼마나 되겠는가?

"그래서 건설사에 있어서 브랜드라는 건 생명줄이야."

섣불리 바꿀 수도, 그리고 창업할 수도 없다.

"하지만 비파괴검사 같은 건 아니지."

어차피 고용하는 놈들은 죄다 거대 건설사고 중요한 건 실력보다는 인맥이다. 그리고 인맥의 핵심은 바로 서로 간의 비밀에 대해 입을 다물어 주는 거다.

"서로 간에 비밀을 공유하는 것만큼이나 두 집단이 친밀해지는 방법은 없지."

"하지만 손해배상 같은 책임은?"

"그게 문제야. 내가 아까 그랬지, 감리는 자격증이고 비파괴검사는 기업이라고? 감리는 자기가 반납한다고 해서 끝이 아니거든."

감리를 잘못해서 건물에 문제가 생겼다? 그가 감리 자격증을 반납하든, 꿋꿋이 활동하든 상관없다. 그라는 사람은 여전히 존재하고 그 사람에게 손해배상을 청구할 수 있다.

그에 비해 작은 기업은 어떨까?

당연히 문제가 되면 그 손해배상을 해야 할 거다. 하지만 기업은 법적으로 법인이다. 그곳을 다녔다는 이유로 손해배상을 청구하지는 못한다.

법인은 사람과 마찬가지로 활동할 수 있지만 동시에 해산되면 사람이 죽은 것과 마찬가지로 모든 게 의미가 없어진다.

최소한 사람은 상속자라도 있지 법인은 그런 것도 없으니 어떤 책임도 지지 않을 수 있다.

"그러면 애매해지지."

거대 기업인 건설사들은 모든 책임을 감리나 비파괴검사하는 기업에 뒤집어씌울 텐데, 감리하는 사람은 어차피 개인이라서 할 수 있는 손해배상의 수준이야 뻔하고 비파괴검사는 문제가 생길 때쯤이면 기업이 사라지고 없을 확률이 아주 높다.

"도리어 아예 그걸 시스템화하겠지."

"하긴 그러겠네."

2년마다 바꿔 가면서 검사하면 그만이다. 그리고 일을 받기 위해서라도 비파괴검사 하는 기업들은 그들의 입맛에 맞는 부실한 결과를 내놓을 가능성이 아주 크다.

"그리고 그걸 지금부터 시작할 테고."

송정한의 성격상 이런 걸 무조건 법제화하려고 할 테니 말이다. 미리 길들여 두지 않으면 나중에 머리가 아파질 거다.

"더군다나 지금이 기회거든."

"기회?"

"생각해 봐. 법제화된다고 하면 아마도 이런저런 회사들이 생기겠지. 그런데 지금 안면을 터 놔 봐. 그러면 누구에게 일을 맡기겠어?"

"아하!"

안면 터 두고 나중에 서로에게 적당히 말해서 결과를 조작하면서 사업할 수 있다. 원래 신생 업체들은 새롭게 시장에 진출하는 게 쉽지 않다.

"하물며 그 시장이 부패해 있다면 더더욱 그렇지."

깨끗한 시장이 있어도 시간이 지나면 부패하는 게 현실이다. 그런데 이미 부패한 시장이 있다? 거기에 진입하는 방법은 단 하나뿐이다. 자신도 부패하는 것.

그게 아니라면 이미 그 시장에서 자리를 잡은 기득권층이 절대로 들여보내 주지 않는다.

"안 봐도 뻔하지."

검사 비용 자체를 빼돌리거나 증거를 조작해 준다고 약속해 줘야 할 거다.

"법은 만들어도 어기면 그만이다 이거군요."

"맞습니다. 아시잖습니까? 법이 없어서 부실 공사 하는 건 아니지 않습니까?"

"그건 그러네요."

법이 있어도 기업과 공공 기관이 작심하고 법을 어기겠다고 달려드는데 무슨 수가 있겠는가?

방법은 단 하나뿐이다. 법을 어기면 기업이 망하게 될 정도로 강하게 처벌하는 것뿐.

지금처럼 솜방망이 처벌을 하면 건설은 입주민들의 피와 눈물을 펌프처럼 뽑아서 마셔 대면서 그 덩치를 키울 거다.

"그러면 기업들의 불만이 많아질 거예요. 나라가 망한다고 난리를 피울 텐데요?"

"그래서요? 미국이 망하던가요?"

"하긴 그건 아니네요."

미국은 안 망한다. 미국 자체는 사실 한국보다 시스템적으로 개판이다. 물론 치트 키라고 해도 될 만큼 큰 땅과 자원이 있기는 하지만.

"기업이 부패하면 망할 정도의 처벌을 내리는 나라는 많습니다. 유럽도 그렇고요. 도리어 그런 기업들을 경제라는 핑계로 계속 놔두는 국가가 보통 독재 국가죠."

기업이 망한다고 해서 나라가 망하지는 않는다. 그저 그 자리를 누군가가 차지하는 사이에 혼란이 있을 뿐이다.

기존 기업이 망하고 생겨난 자리를 차지할 새로운 기업이 나오지 못할 정도로 경기가 안 좋은 상황이라면 그건 그 기업이 없어도 결국은 망할 수밖에 없을 만큼 경제나 시스템이 붕괴되었다는 소리다.

"하긴 그러네요."

"이번도 마찬가지입니다. 기업들은 똑똑하니까요."

수십 년에 걸쳐서 천천히 부패시키기보다는 차라리 확실하게 시장을 부패시켜서 시작하는 게 자신들에게는 유리하다는 걸 알 테니 어떻게든 시스템적으로 비파괴검사 전문 기업들을 길들여 두려고 할 거다.

"그러면 우리가 조사를 의뢰하려는 곳들은?"

"거의 절대다수가 '문제없음'으로 결과가 나올걸."

"아니, 그렇다고……."

노형진의 말에 오광훈은 떨떠름한 얼굴이 되었다.

그도 그럴 게 현실적으로 전국에 있는 수많은 아파트를 국과수 같은 곳에서 검사하는 게 불가능하기 때문이다.

그렇다고 해서 한곳에 몰아줄 수도 없다. 비파괴검사가 가능한 기업들은 여러 곳이지만 대부분 그 규모가 작기에 한계가 명확한 탓이다.

"역시 장기적으로 공무원화시켜야 할까요?"

"검사들이 부패하는 거 보셨잖습니까? 홍보석 검사님이 왜 그만두셨는데요?"

그 말에 홍보석은 한숨을 푹 쉬었다. 검사였던 시절에 검사들이 얼마나 부패한 놈들이 많았는지는 두 눈으로 똑똑히 봐 왔으니까.

당장 자신도 처음에는 그런 그들의 아래서 일하다가 반발로 왕따당했던 시절이 있었다.

그러다가 그런 놈들이 결국 싸움에서 지고 다급해지자 홍보석에게 매달리자 그게 부담돼서 그만둔 게 바로 그녀였다.

"하긴, 이걸 의무화하고 공무원화하면 답은 뻔하겠네요."

"답은 뻔하죠."

딱히 놀랍지도, 그리고 이상하지도 않는 일이다. 도리어 대기업을 상대하는 자리인데 그 자리에 있는 공무원이 부패 안 하면 그게 놀라운 일이라는 소리가 나올 거다.

"그렇다고 검사 안 할 수는 없잖아?"

"그래, 그러니까 일단은 한 곳만 이용해야지."

"누구?"

"환상엔지니어링."

"매물로 나온 곳?"

"거기가 왜 매물로 나오겠어?"

양심적으로 판단해서 주택공사에서 불만을 품고 찍어 버렸기 때문이다.

"그리고 현실적으로 매물로 나왔다고 해도 아무도 안 사지."

이미 업계에 주택공사에 찍혔다는 소문이 파다해서 그걸 문제 삼아 건설사들도 손절했으니 아무도 안 살 거다.

"그러니까 내가 사야지."

"산다고? 문제 안 될까? 너는 특검이잖아."

"아니, 상관없어. 어차피 기업 구입이 갑자기 한 방에 되는 것도 아니고."

"응? 아하!"

아무리 기업을 사려고 해도 그걸 처리하기까지는 상당한 기간이 걸린다. 그리고 특검이 아무리 길어져도 이미 그 기업을 인수할 시점에서 특검은 종료되어 있을 거다.

"하지만 그곳에 모든 기업에 대한 검사를 다 맡기는 건……."

홍보석이 걱정스럽게 말했다.

"환상엔지니어링이 좋은 회사인 건 알겠어요. 하지만 그렇다고 해서 그들이 한국의 모든 현장을 다 조사할 수는 없잖아요?"

"아니죠. 상관없죠."

"상관없다니요?"

"우리가 수사하는 대상은 건설 대기업이 아니라 주택공사 잖아요?"

"그거야 그렇죠. 그러니까…… 아하!"

미래는 어찌 되었건 현시점에서 특검은 주택공사에서 지은 아파트만 영장을 청구하고 검사를 강제할 수 있다.

그 분량이 적다고 할 수는 없지만 많다고 할 수도 없다. 어차피 문제가 된 아파트 위주로 영장이 나올 테니까.

"그건 환상엔지니어링 정도만 되어도 충분히 커버 가능한 수준일 겁니다."

"그건 그러네요. 확실히 환상엔지니어링 정도면 못 믿을 곳은 아니겠네요."

그들이 D등급을 내릴 때 과연 자기들이 이런 식으로 공격당할 걸 몰랐을까? 건설업에서 잔뼈가 굵은 곳인데?

그럴 리가 없다.

그럼에도 불구하고 주택공사의 경고를 무시하고 D등급을 선고했다는 것은 이 건물이 진짜 위험하다고 판단했다는 소리다.

"최소한 위험한 건물을 위험하지 않다고 할 이유는 없다는 거군요."

"맞습니다."

"하지만 그 후에 어쩌려고? 현실적으로 보면 그쪽에서 미래에도 영업 가능하겠어?"

"하지."

"어떻게? 기업에서 고용 안 할 텐데."

"이런 건 사실 해결책이 간단해. 만일 일이 틀어졌을 때 가장 큰 피해를 입거나 이득을 얻는 사람이 고용하게 하는 게 핵심이지."

"하지만 그런 곳이……."

기존에는 적대 기업이거나 경쟁 기업이었다. 그러나 노형진은 시간이 지나면 그들이 서로 부딪히면서 자연스럽게 자기들끼리 거래할 거라고 이야기했다.

"맞아. 그렇게 될 거야. 하지만 아파트 입주자 회의는 과연 어떨까?"

"응?"

"아파트 입주자 회의 말이야. 뭐, 초기에는 이름이 다를 수도 있지만."

노형진은 어깨를 으쓱하며 말했다.

"아파트에 들어가는 사람 입장에서는 구매 확정을 누르는 순간 무르지도 못한다고."

"그렇지?"

"자, 그러면 어떻게 하겠어? 구매 확정을 하기 전에 뭐든 하려고 하지 않겠어?"

검사 비용? 어차피 정해진 예산에서 좀 더 잡으면 되는 일이다. 도리어 그들에게는 이 검사 결과가 아주 중요하다.

"거의 절대적 경우에 말이지, 아파트 입주민들의 모임은 건설 회사와 사이가 좋을 수가 없어."

"하긴, 지난번에 그 말한 하자 보수 문제도 있기는 하네요."

"맞습니다."

거의 대부분의 아파트 입주민들은 하자의 보수 문제 그리고 조감도와 다른 환경 등등 온갖 문제로 입주 초기에 건설사와 안 싸울 수가 없다.

그리고 그건 주택공사도 마찬가지다. 당장 주택공사에서 지은 수많은 아파트와 집들이 층간 소음이나 벽간 소음 문제로 입주자들과 주택공사가 소송 중이다.

그딴 식으로 나오는 건 간단하다. 해 처먹을 걸 다 해 처먹었으니 뭐라도 줄여야 했으니까.

"추후 볼일? 과연 있을까?"

아파트가 완성된 이상 최소 30년은 그 자리를 지킬 거고, 제대로 된 아파트라면 50년은 그 자리를 지킬 거다. 그런데 그 시간 동안 건설사와 사이좋게 하하호호 할 일이 있겠는가?

그런 아파트의 모든 하자 보수는 건설사가 손 떼는 순간 입주민들이 다른 회사를 고용해서 하는 거지, 건설사 자체가 하자 보수를 하는 경우는 없다.

애초에 건설사가 시간이 제법 지났는데도 하자 보수에 나선다는 것 자체가 심각한 문제가 있다는 소리다.

"확실히, 그러면 입주민들은 그들과 손잡을 이유가 없네요?"

"맞습니다. 도리어 입주민들 입장에서는 건물 등급이 떨어지면 망하는 겁니다."

건물 등급은 A부터 E까지 있다.

그리고 보통 건물은 시작 단계가 A등급 또는 B등급이어야 한다. A등급은 안전하고 튼튼한 등급, B등급은 안전에는 문제가 없지만 일부 시설을 고쳐야 하는 등급.

"그런데 C등급부터는 이야기가 달라지거든요."

C등급은 보수 및 보강 공사가 필요하며 주의해야 하는 등급, D등급은 붕괴 가능성이 높으며 사용 제한이 필요한 등급, E등급은 사용 불가 등급이다.

"그러면 입주자들이 어떤 등급을 원할까요?"

"A등급이겠네요."

"맞습니다. 지금은 대중적으로 문제가 되지 않았지만 말입니다, 이제 문제화되어야 합니다."

A등급이야 사용하기에는 문제 될 게 없다. B등급도 문제 안 된다. 일부 시설의 노후화 등으로 인해 시설을 교체해야 한다는 거지, 안전은 문제없으니까.

그러나 입주민 입장에서 A등급과 B등급은 차이가 크다. 왜냐하면 B등급부터 건물의 관리비가 슬슬 많이 들어가기 시작하는 시점이기 때문이다.

"하물며 C등급이 되면 집값 떨어지는 소리가 나올 수밖에 없죠."

대대적인 보수 및 보강 공사가 필요해서 돈을 더 내야 한다는데 누가 그걸 좋아하겠는가?

당연히 그걸 물어뜯으면서 소송하고 입주를 거부할 거다.

"자기들 재산이니까 그들은 절대로 등급 조작을 인정 못 할 겁니다."

등급을 조작했다가 나중에 갑자기 D등급이 된다? 그러면 자기들은 전 재산을 잃어버리는 거다.

지금 D등급이 된 아파트가 그래서 문제인 게 아닌가?

D등급이 되자 입주민들은 들고일어났고 주택공사는 사용의 제한 결정은 자기들의 권한이라면서 사용에 문제가 없다

고 우기고 있었다.

실제로 해당 아파트에 대해 환상엔지니어링은 D등급을 그리고 회사에서 고용한 비파괴검사 회사는 B등급을 내렸다.

결과적으로 D등급이 나온 건 법원에서 고른 제3의 기업과 연구소에 의해 확정된 거다. 즉, 모든 비파괴검사 회사를 믿을 수는 없다는 소리다.

"확실히 이권이 겹치기는커녕 정반대네."

"그래, 그러니까 고용 주체를 사용자인 입주민으로 정해 두면 자기 재산을 지키기 위해서라도 믿을 만한 곳을 고르겠지."

"믿을 만한……."

그리고 특검에서 고용해서 영혼까지 탈탈 털어 버린 환상엔지니어링 같은 회사는 별로 없을 거다.

"거기다가 마이스터 소속이라는 것만큼이나 믿음직한 게 있을까?"

"하긴 그건 그렇다."

모든 기업은 돈을 노리고 일하며 돈에 집착한다.

그런데 모기업이 크다는 것은 결국 그 돈에서 자유롭다는 뜻이나 다름없다.

작은 기업이야 큰 기업에서 돈을 안 주면 생존이 불투명하니 현실적으로 그들의 입맛에 맞출 수밖에 없지만 큰 기업은 그 돈이 없어도 버틸 수 있으니까 당당하게 자기 말을 할 수 있을 거다.

"그리고 문제가 생길수록 결국 성공하는 건 환상엔지니어링이 될 겁니다."

"어째서요?"

"소송할 때 검사를 어디다 맡기려고 하겠습니까?"

"하긴 그러네요."

설사 기업에서 우겨서 작은 곳에 검사한다 해도 그걸 피해자들이 믿을 리가 없다. 애초에 고용 주체가 대기업인데 작은 곳을 믿을 리가 없으니까.

"장기적으로는 결국 대기업화된다는 거군요."

"맞습니다. 그건 어쩔 수 없는 현상이죠."

규모가 커질수록, 그리고 속한 사람이 많아질수록 그 조직의 힘을 강해진다.

그런데 이는 양면성을 가진다. 한번 무너지기 시작한 믿음은 되살릴 방법이 없기에 거대한 기업은 어떻게든 그 평판을 유지하려고 한다.

"지금 당장 주택공사를 제외한 다른 곳은 의외로 멀쩡하죠."

사람들의 생각처럼 모든 건설 현장이 그렇게 개판일까?

아니다. 황당하게도 똑같은 곳이지만 그 주체가 주택공사가 아닌 곳들은 의외로 상당수가 제법 멀쩡하다. 물론 그중에도 개판인 곳도 있지만 말이다.

왜 그럴까? 이유는 간단하다. 장난치는 게 건설사든 주택공사든 간에 그 책임은 주택공사가 진다.

그러니 뭔 짓을 해도 자기들은 두둑하게 해 처먹을 수 있으니 당사자인 건설 회사 입장에서는 그걸 거부할 이유가 없는 거다.

그러나 건설 주체가 일반 건설사인 경우에는 이야기가 다르다. 그들이 지은 아파트들은 문제가 생기면 브랜드 가치가 떨어지고, 브랜드 가치가 떨어지면 기업의 가치도 떨어지며, 나중에는 아예 공사 수주도 못 하게 되기 때문이다.

"그 지난번에 건물이 무너진 곳도 마찬가지입니다. 그곳도 감사하는 기관과 정부 담당자들에게 얼마를 줬다고 하던가요?"

"못해도 200억 이상 뿌렸다는 소문이 있더군요."

"네, 그런데 그들은 자기 돈을 들여서 건물을 새로 올려야 하는 처지입니다. 그 돈도 부족해서 난리인데 왜 뇌물을 200억이나 뿌렸겠습니까?"

그들이 그렇게 돈을 뿌린 이유는 입찰 금지 처벌을 피하기 위해서다. 입찰을 할 수만 있다면 그 피해를 복구할 수 있지만, 그럴 수 없다면 몇 년간 수천억 이상을 손해 봐야 하기 때문이다.

"문제는 그렇게 되면 그 브랜드 가치가 더 떨어지게 될 거라는 거지."

2년간 입찰 제한이 걸리면 당연히 실적이 떨어진다. 그리고 실적이 떨어지면 순위가 떨어지고, 순위가 떨어지면 입찰에서 후순위로 밀린다.

　입찰 제한은 단순히 '당신이 2년간 새로운 일을 못 받게 하겠습니다.'라는 게 아니다. 그걸 알기에 200억이나 뇌물을 줘 가면서 어떻게든 처벌을 막은 거다.

　"그러니까 브랜드 가치만 만들면 된다 이거군요."

　"맞습니다."

　브랜드 가치를 완성하면 사람들은 거기로 몰릴 수밖에 없다.

　"거기다가 소송과 관련해서 몇 번 이기면 그때부터는 더더욱 이쪽이 유리해지지."

　의뢰인들이 건설사의 대척점에 있는 입주민들인 이상 건설사들은 환상엔지니어링에 압력을 넣어 봐야 의미가 없어지는 셈이다.

　"지금은 일단 환상에 일을 넣고?"

　"그래야지. 작업은 지금부터니까."

　노형진은 씩 하고 웃었다.

⚖

　"인수요?"

　"네, 어차피 내놓으셨죠?"

　"네, 그렇기는 한데……."

　"저희 요구는 간단합니다. 규정대로 조사하시면 됩니다.

규정대로."

"하는 거야 어렵지 않습니다. 하지만 그때는 어떤 일을 당할지 아실 텐데요?"

환상엔지니어링의 대표인 환상도는 묘한 표정으로 말했다. 특검에서 자신을 찾아온 이 상황에 기분이 묘했기 때문이다.

"저희가 규정대로 했습니다. 그리고 이 꼴이 났고요."

텅 비어 버린 사무실. 직원들은 현재 무급 휴가 중이다. 일거리가 하나도 없으니까.

"솔직히 말씀드리자면 말입니다, 특검에서 요구하는 대로 검사하는 순간부터 그렇잖아도 상황이 안 좋은 저희 회사는 그냥 망하는 거 말고는 답이 없었습니다."

비파괴검사에서 등급이 낮게 나왔을 때 기업들이 과연 보복을 안 할까? 그럴 리가 없다.

"알고 있습니다. 그래서 조건을 붙여 드리는 거죠."

"인수한다는 거요?"

"네, 그것도 최고 가치 기준으로 말입니다."

'어차피 미래에는 그 몇십 배는 될 테니까.'

노형진이 착해서 여기를 사려는 게 아니다. 미래에 이미지를 이용해서 더 많은 돈을 벌 수 있기에 그러는 거다. 다만 그걸 모르는 환상도는 떨떠름한 얼굴이 되었다.

"일거리 문제는 제가 해결 못 드립니다."

"그것도 감안하죠."

"비용은……."

"특검에서 지급할 겁니다."

"그러면 그 후에 발생하는 그 손해는……."

"말씀드렸다시피 제가 인수할 겁니다."

그 말을 들은 환상도는 고민이 많은 얼굴이었다. 그런 그에게 노형진은 아주 단호하게 말했다.

"어차피 방법이 없을 텐데요? 그렇지 않습니까?"

어차피 찍혔고, 자신들이 뭐라고 하든 건설사와 주택공사는 환상엔지니어링을 안 쓸 거다.

애초에 매물로 내놓은 이유가 뭔가? 자신이 쥐고 있어 봤자 망한다는 선택지밖에 없어서가 아닌가?

"그건 그런데요. 인수한다는 말을 믿을 수가……."

노형진은 특검을 이끄는 사람이다. 그렇기 때문에 환상엔지니어링에 대한 지금 이 대화를 기록으로 남기기는 애매하다. 그러면 특혜 시비가 붙을 수 있기 때문이다.

그런 그에게 노형진이 쐐기를 박았다.

"그리고 어차피 망할 거라면 크게 한 방 터트리고 가시는 것도 나쁘지 않을 텐데요?"

"크게 한 방이요?"

"저희가 맡기려는 일의 양이 얼마나 될 것 같습니까?"

"하긴."

지금 특검에서 수사 대상으로 올려서 수사하는 아파트가 한두 곳이 아니다.

문제는 그 방식이다.

제대로 소송하기 위해서는 아파트 단지에서 한 곳 또는 두 곳만 뽑아서 검사할 수는 없다.

제대로 하려면 아파트 한 동당 최소한 세 곳 이상에서의 조사 결과를 가지고 있어야 한다.

건당 가격이 붙으니까 그 모든 조사를 하면 적지 않은 돈이 나올 거다.

"최소한 망해도 직원들 퇴직금 정도는 나올 텐데요?"

그 말에 환상도는 고개를 끄덕거렸다. 생각해 보니 그랬으니까. 어차피 망하는 시점에 그가 고민할 필요가 없었다.

"알겠습니다."

"그러면 한 가지만 확인해 보겠습니다. 그 주택공사에서는 뭐라고 하던가요?"

"그……."

"어차피 싸움은 시작된 겁니다. 저쪽이 선빵 쳤지요."

노형진의 말에 환상도는 한숨을 푹 쉬었다.

"사실대로 말씀드리면 그쪽에서 요구한 건 B등급이었습니다."

"그런데 왜 D등급으로 내리신 겁니까?"

"저도 사람입니다. 양심도 있고요. 사람 죽으라고 내몰 수는 없지 않습니까?"

"사람이 죽어요?"

"말이 D등급이지, 그것도 내부적으로는 상당히 구분되어 있거든요."

D등급은 상황에 따라 거주를 결정해야 하는 상황이다. 당연히 그건 대중적으로 쉽게 구분하기 위해 만드는 거고 전문가들은 그 안에서도 몇 가지 구분을 한다.

"그런데 그 아파트 말입니다. D등급 중에서도 최하 등급입니다. 사실 아슬아슬하게 D등급을 받은 겁니다. 아마 제가 작심하고 부담 없이 평가했다면 E등급 줬을 겁니다."

"E등급이요?"

"아무리 잘 관리해도 짧으면 3년, 길어 봐야 5년 안에 E등급으로 떨어질 겁니다."

그런데 주택공사에서는 무조건 B등급을 주라면서 압박했다고.

"그러면 거기에 전 재산을 꼬라박는 사람들은 뭐가 됩니까?"

더군다나 입주 후에 보증기간은 2년이다. 즉, 2년 후에 그게 문제가 되어도 주택공사는 당연히 보증기간이 끝났다고 들은 척도 안 할 테니 소송전으로 갈 거다.

"그런데 이게 제가 보니까 소송에서 이긴다고 해도 이기는 게 아니더라고요."

"그건 그렇죠."

노형진도 인정한다는 듯 고개를 끄덕거렸다.

소송을 했다? 그러면 무조건 대법원까지 간다. 그러면 못해도 5년, 길면 7년까지 갈 수 있다.

그러면 그 사이에 아파트에 사는 사람들은 어떻게 될까?

당연하게도 그 아파트에서는 법적으로 살 수 없으니 길바닥으로 내쫓긴다.

"그런데 그렇게 소송에서 이긴다고 해도 그걸로 끝이 아니더라고요."

"그건 그렇죠."

소송에서 이겼다? 그러면 그 시점부터 법적으로 애매해진다. 분명 부실 공사를 해서 집이 급속도로 약해진 건 사실이지만 그걸 책임지는 사람은 없다.

주택공사는 건설사에 뒤집어씌우고 건설사는 주택공사에 뒤집어씌운다. 그렇게 하면 다시 한 7년쯤 끌 수 있다.

그리고 양쪽 다 그 결판이 나기 전까지 책임지지 못하겠다며 시간 끄는 것이다.

그러면 14년. 그 정도면 아파트가 더 이상 버티지 못할 수준이 된다.

그런데 그 책임을 물을 사람이 정해지면 끝일까?

아니다. 일단 그 당시부터 다시 책임져야 하는 재건축 관련 소송이 시작된다.

그것도 7년이나 8년은 걸릴 테고, 그때쯤이면 가난한 사람들은 고통에 몸부림치면서 자살하든가 포기한다.

"노형진 특검님도 변호사님이니까 아시죠?"

"알죠."

그렇게 20년쯤 지난다? 그때는 좋든 싫든 아파트는 재건축해야 하고 책임 소재도 흐릿해진다. 피해자들의 절대다수가 죽거나 포기하니까.

"거기다가 문제도 있지요, 재건축을 해도."

"네, 알고 있습니다. 그러면 건물의 가치가 인정받지 못하죠."

E등급의 건물이다. 그 가치는 인정받지 못하고 재건축이나 재개발을 할 때 땅값만 계산해서 건물을 인수해서 처리된다.

문제는 그걸 인수하는 대상은 결국 건설사나 주택공사라는 거다.

그리고 그런 아파트의 경우 몇 평형대네 실평수 몇 평이니 하지만 점유 면적은 엄청나게 줄어드는 편이다.

예를 들어 40평대 아파트라면 보통 공용 면적을 빼고 나서 32평이나 34평으로 떨어진다. 그러면 그 사람이 점유한 건물값을 뺀 사실상의 땅값은 얼마나 될까?

층수나 여러 가지 상황에 따라 다르지만 보통 0.8평을 넘기 힘들다.

그 말은 건물 값어치가 인정받지 못하면 그들이 그곳에서 나갈 때 보장받을 수 있는 돈은 평당 1억짜리 최고가 토지라고 해도 고작해야 8천만 원이라는 소리다.

당연히 그 돈으로 이주하는 건 불가능하다. 즉, 사실상 쫓

겨나는 셈이다.

"가난하다는 이유로 그런 꼴을 당하는 건 너무하지 않습니까?"

30년의 소송을 버틸 힘이나 있을까? 애초에 주택공사에서 집을 분양받는 사람들은 절대다수가 가난한 사람인데?

처벌? 애초에 그 시간이 지나고 나면 당사자들은 모두 은퇴하고도 남는 시간.

누구도 책임지지 않고 누구도 보상받지 못한 채로 가난하다는 이유 하나만으로 그 모든 죄를 뒤집어쓴 채로 가난한 사람들은 나락으로 떨어지는 거다.

"제가 말입니다, 나름 자수성가한 사람이거든요."

어린 시절 환상도는 너무 가난했다. 가난해서 '그냥 맘 편하게 잘 수 있는 집이 있었으면 좋겠다.'라는 소원을 가진 적이 있었다.

"그런데 그게 생각나더라고요."

집을 보면서 좋다고 웃는 사람들. 돈이 부족해서 대출까지 다 끼고 사는 집이 당장 내일 무너져도 이상하지 않을 집이라는 걸 알았을 때 그들이 얼마나 무너져 내릴지 알고 있었기에 그는 차마 그 아파트에 B등급을 줄 수가 없었다.

"그렇군요."

노형진은 그 말에 고개를 끄덕거렸다.

"좋습니다. 그러면 본격적으로 일하시죠."

'이런 사람이라면 지금 겁먹고 꼬리 말지는 않겠네.'

어차피 자기 업체를 팔기로 한 이상 굳이 눈치를 볼 이유
도 없다.

"그러면 어떻게 하시면 됩니까?"

"양심적으로, 그리고 규정대로 하면 됩니다."

노형진은 자신 있게 말했다.

"그러면 충분합니다."

그다음 문제는 특검과 정부가 해결할 일이었다.

제물 바치기

"으아아악!"

이른 아침. 건설 현장을 출근하던 노동자는 바닥을 붉게 물들이는 시체를 보면서 비명을 질러 댔다. 그리고 몇 시간 후에 경찰과 구급차 그리고 특검이 출동했다.

"몇 명째지?"

"이걸로 서른여덟 명째."

"와, 이건 너무 심한데?"

오광훈은 실려 나오는 시체를 보면서 눈을 찡그렸다.

"특검은 아직 끝나지도 않았잖아?"

"그렇지."

"그런데 벌써 서른여덟 명이라고?"

물론 조사하다 보면 압박을 버티지 못한 사람들이 자살하기도 한다. 그래서 때때로는 그걸 문제 삼아 언론에서도 물어뜯기도 한다. 그리고 지금 특검은 어느 때보다 자살자가 많았고, 또 어느 때보다 언론에서의 공격도 심했다.

　"노 특검님, 벌써 뉴스가 떴어요."

　홍보석은 떨떠름한 얼굴로 자신의 핸드폰을 내밀었다. 거기에서는 속보로 죽음을 이야기하고 있었다.

　　사람 잡아먹는 특검. 언제까지 사람의 죽음이 이어지는가?

　"잘났네, 정말."

　제목도 그럴듯하고 내용도 중립적인 척 노력하고 있지만 결과는 하나뿐이다. '노형진은 지금이라도 사과하고 특검을 멈춰야 한다.'

　"왜 이래요, 진짜?"

　"말씀드렸잖습니까, 한국 언론의 70%의 사주는 건설사라고."

　방송국, 신문사, 인터넷 언론 등등 많은 언론사들이 건설사가 운영하는 형태로 이루어져 있다. 그들에게 있어서 이러한 상황은 반갑지 않을 수밖에 없었다.

　"아니, 수사 대상은 주택공사인데요?"

　"주택공사에서 압박했을 수도 있고 주택공사가 아니더라도 사실 조사가 빡빡해지는 건 어찌 되었건 건설사 입장에서는 반갑지 않으니까요."

주택공사가 선을 넘어도 아주 심하게 넘은 거지, 과연 건설사들이 돈을 빼돌리는 곳이 한둘일까? 그럴 리가 없다.

"A등급이어야 하는 건물이 B등급이 되는 데는 다 이유가 있는 겁니다."

"하긴 그러네요."

"문제는 B등급만 받아도 쓰는 데나 법적으로는 아무런 지장도 없다는 거죠."

노형진은 피가 흥건한 곳을 바라보면서 말했다. 그리고 쓰게 웃었다.

"다만 상황이 안 좋은 쪽으로 흘러가고 있으니까 가서 이야기합시다."

"안 좋은 쪽? 그런 거 겁먹는 타입 아니시잖아요?"

"겁나지는 않습니다. 다만 특검의 영역에서 벗어날 가능성이 있어서요."

그 말에 홍보석과 오광훈은 고개를 갸웃했다.

"어쩌면 이건 생각보다 더 큰일이 될 수도 있습니다."

노형진은 쓰게 웃는 수밖에 없었다.

노형진은 일단 스타 검사들만 따로 불러서 은밀하게 모였

다. 이번 특검을 위해 동원된 그들은 노형진의 호출에 어리
둥절한 모양이었다.

"뭐가 문제인데?"

오광훈은 그냥 단도직입적으로 물었다. 시간이 없으니까.

그걸 알기에 노형진도 바로 대답했다.

"지금 이루어지는 죽음들 말이야. 우연 같지 않아?"

"우연 같지 않다니?"

"누군가에게 살해당한 것 같단 말이지."

살인이라는 말에 다들 얼굴이 굳어졌다. 그도 그럴 게 살인
이라면 특검의 영역에서 한참 벗어나는 문제가 되기 때문이다.

특검은 어디까지나 주택공사에 대한 거지, 살인이 아니니까.

"그게 무슨 말이에요? 살인이라니?"

"오늘 자살한 채로 발견된 그 남자 말입니다."

"네, 그 사람은 사흘 전에 소환했잖아요?"

"네, 맞습니다. 제가 소환했죠."

"그런데요?"

"그런데 그 사람, 부실 공사와는 아무런 관련이 없는 사람
이거든요."

"네?"

"그 사람이 주택공사 사람이기는 한데 말입니다, 건설 실
무 쪽은 아닙니다."

"그러면요."

"토지 관리 쪽 근무자입니다."

그 말에 모두의 얼굴이 굳어지기 시작했다. 그도 그럴 게 토지 관리 쪽의 문제는 부실 공사와는 아무런 관련도 없기 때문이다.

"그 사람에게 뭘 물어보셨는데요?"

"당연히 이 토지 보상에 관한 부분입니다. 대부분 묵비권을 행사했습니다만."

"뭔가 안 맞는데? 아니, 그런 놈이 왜 아파트에서 자살을 해?"

오광훈조차도 뭔가 이상하다는 듯 고개를 갸웃했다.

수사에 대한 압박으로 인한 자살?

그게 한두 번도 아니고 특히 지금처럼 '너희가 죽나 우리가 죽나 끝까지 해 보자.'라는 식의 특검의 경우에는 그럴 가능성이 높아지는 것도 사실이다. 하지만 그렇다고 해서 제대로 시작도 안 한 사람이 왜 자살한단 말인가?

"더군다나 지금 자살한 서른여덟 명이라는 숫자는 아무리 생각해도 너무 과도하단 말이죠."

많은 수사에서 자살자가 나오고, 그래서 무리한 수사라는 말이 나오기는 하지만 그래 봤자 한 명, 보통은 두 명 정도다.

"아무리 제가 무리해서 수사한다고 해도 잘해 봐야 열 명 내외로 예상했습니다."

생명을 끊는다는 것은 절대로 쉬운 일이 아니다. 그런데 서른여덟 명이나 죽었다? 뭔가 말이 안 되는 거다.

"하지만 자살의 특징 중에 유행 비슷한 것도 있다고 하신 건 노 특검님이잖아요?"

노형진은 홍보석의 말에 고개를 끄덕거렸다. 주택공사에서 자살자가 계속 나올 때 그런 말을 하기야 했다.

그 말대로 자살이라는 것은 유행처럼 번지기도 한다. 특히 같은 처지에 있는 사람들이 자살하기 시작하면 한꺼번에 자살하기도 한다.

"그건 그렇죠. 그런데 관련 자살자들이 좀 특이하더군요."

"특이?"

"기억 안 나십니까? 초기 자살자들은 죄다 주택공사의 직원들이고 그들이 자살하던 곳들은 주로 그 주변이었습니다."

주택공사, 빌딩, 아니면 아파트, 아니면 자기 집 등등.

확실히 자기들 주변에서 자살을 선택했다.

"그래서 일종의 심리적 부담으로 인한 자살이라고 생각했지요."

"그런데요?"

"그런데 최근 자살이 발생히는 반경이 너무 넓어졌습니다. 오늘 사망자만 봐도 그래요. 이 아파트에서 자살할 이유가 없지 않습니까?"

"네?"

"무려 25층짜리 아파트입니다."

그리고 아직 완성되지 않은 곳이다. 즉, 올라가서 뛰어내릴 수는 있지만 뛰어내리는 것 자체가 쉽지 않다는 거다.

"그 시간에는 엘리베이터가 운영이 안 되죠."

"엘리베이터요?"

"거기에 정식으로 전기선을 깔아서 엘리베이터를 쓸 수도 있지만 보통은 발전기를 쓰거든요. 그리고 그곳은 현재 건설이 중지된 상태죠."

얼마 전 비파괴검사 결과 C등급이 나와서 건축 과정에 문제가 있다고 의심되었고, 그래서 일단 모든 공사가 중단되었다. 아직 건축 중이긴 하지만 완성도 되기 전의 건물이 C등급이라는 건 누가 봐도 부실 공사라는 의미니까.

D등급 건물처럼 철근 70%를 빼먹은 건 아니지만 그 건물도 무려 철근 30%를 빼먹었던 것.

'그러고 보니 회귀 전에 철근 30%를 빼먹어도 사는 데 지장 없다고 배 째라고 했었지.'

그러나 지금은 그럴 상황도, 그럴 분위기도 아니기에 일단 모든 공사가 멈춰진 상태였다. 당연히 발전기도 작동하지 않고 있으니 25층까지 올라갈 방법은 헉헉거리면서 거기까지 올라가는 방법뿐이다.

그런데 거기에 와서 자살을 한다?

"확실히 이상하기는 하네."

자살할 수 있는 곳도 많은데 굳이 힘든 곳을 찾아가서, 그것도 자기와 상관없는 곳을 찾아가서 자살한다? 말이 안 된다.

"보통은 누가 불렀다고 봐야겠죠."

전혀 모르는 곳에 와서 자살했다. 그런데 주변에서는 나온 게 없다.

"확실히 대중교통을 타고 올 만한 곳은 아니긴 해요."

만일 자살을 원했다면 자차를 타고 왔어야 하는데 현장 조사 결과 사망자의 차량은 없다.

"거기다 현장은 워낙 복잡해서 CCTV도 없고요."

누군가가 그를 데려와서 집어 던졌다고 보는 게 더 맞을 거다.

"하지만 그렇게까지 할 이유가……."

"있죠. 우리 방식이 과거와 다르니까."

"다르다니요?"

"그간에는 그냥 적당히 처벌하고 감옥에 보낼 놈은 보내고 끝냈습니다."

그 후에 벌어지는 일에 대해서는 더 이상 터치하지 않았다. 그랬기에 부실 공사로 인해 당장 건물이 무너질 것 같아도 그건 입주민들의 문제였지, 특검이나 검찰의 영역이 아니었다.

"딱 형사의 영역이었죠."

딱 꼬리 자르기 좋은 수준. 그게 그간 특검이나 검찰의 영역이었다.

"하지만 우리는 민사소송도 함께 진행합니다."

"그건 그렇지. 그런데 네가 방금 말한 건 그 민사소송이 불가능하잖아? 정보를 누군가가 빼돌려서 땅을 샀다면 그건 땅을 산 거지 부실 공사를 한 게 아니잖아?"

"아니야. 그건 불법이야."

"그건 그렇지."

"그리고 그걸로 부당이득 반환 청구 소송이 가능하지. 지금까지 단 한 번도 한 적이 없지만."

"어?"

"설마 그 환수라는 걸 적당히 뇌물 받아 처먹은 놈들로 끝내려고 했어?"

당연히 노형진은 그럴 생각이 없었다. 하나부터 열까지 악착같이 뜯어내야 다시는 이런 짓을 못 하니까.

"그거…… 확실히 불가능한 건 아니네요."

모르고 산 거라면 모를까, 미리 뇌물을 주고 그 땅이 재건축이나 재개발이 된다는 정보를 넘겨받고 땅을 산 거라면 그건 불법행위가 맞으니 그 후에 팔아먹는 행위는 누가 봐도 부당이득으로 들어가야 한다.

"더군다나 그런 경우에 아주 높은 확률로 담합이 이루어지는 거지."

"담합이요?"

"제가 그 자살한 사람을 소환했다고 했죠?"

"네."

"그 이유가 그 문제 때문이었습니다. 신도시를 만들기 위해 땅을 사는 건 이해가 가는데 말이죠, 너무 비싸게 주고 샀단 말이죠."

신도시가 만들어지기 시작한 시점에 땅값이 오르는 건 딱히 이상한 일도 아니기에 어느 정도는 이해가 간다. 하지만 그것도 나름 가격이라는 게 있다.

"그 사람이 구매한 땅이 산이란 말이죠."

지목 분류에서 산이란 복잡한 법률 용어가 아니라 말 그대로 사람들이 생각하는 그 산이 맞다. 그리고 재개발할 때 가장 적은 돈을 주는 곳이다. 왜냐하면 그런 산은 딱히 수익이 나는 게 많지 않기 때문이다.

왜냐하면 농사를 지을 수도 없고 임업과 관련된 수익도 거의 없기 때문이다. 깊거나 큰 산도 아니고 동네 뒷산 정도의 공간에서 임업 수입을 내기를 기대하기는 힘들다.

"그런데 그런 산을 과수원과 같은 가격으로 구입했더군요."

"과수원이요?"

"네."

"그러면 엄청 준 건데."

그곳에 현재 뭐가 있는지에 따라 구매가가 달라지는 건 당연한 거다. 집 같은 게 있으면 당연히 가장 비싸지고 그곳에서 수익이 날수록 더 많은 돈을 줘야 한다.

그리고 농사를 지을 수 있는 곳 중에서 가장 비싼 곳은 다름 아닌 과수원이다. 과수원의 경우는 나무가 수십 년간 계속 수익을 내주기 때문이다.

논과 밭 같은 곳이 길어 봐야 1년 수익을 계산해서 배상해 준다고 하면 과수원의 경우는 나무 숫자에 맞춰서 20년에서 30년 수익을 계산해서 배상해 줘야 한다.

"진짜 과수원이 있는 거 아니야? 아무리 그래도 근거 없이 그렇게 주지는 못할 텐데?"

"그래, 그렇지. 과수원이 있기는 해."

"그러면 뭐가 문제인데?"

"그 과수원이 생긴 지 2년밖에 안 되었다는 거."

"응? 고작 2년?"

"그래, 산을 다 갈아엎어서 과수원을 만들었지. 그곳에 사과 과수원이 생겼거든."

"산을 다 갈아엎어서?"

"그래."

"아니…… 이해가 안 가는데?"

노형진의 말에 대번에 오광훈은 이상하다는 표정을 지었다. 그리고 다른 검사들은 그게 왜 문제가 되는지 모르는 눈치였다.

"그게 큰 문제인가요?"

"문제야. 과수원에서 제일 중요한 건 일조량이거든."

오광훈은 전생에서 어린 시절에 시골에서 자랐고 가난한

집안에서 자라서 과수원에서 일해 본 경험이 있기에 어느 정도의 상식은 알고 있었다.

"산이 확실히 과수원 하기는 좋지. 그런데 전체는 안 돼. 왜 집을 남향으로 짓는데? 산도 마찬가지야."

북향으로 농사를 지으면 일조량이 부족해서 과실이 제대로 안 맺힌다. 그래서 과수원을 할 때는 무조건 빛을 잘 받을 수 있는 곳에서 하는 게 규칙이다.

"더군다나 산이 그렇게 마음대로 까뭉갤 수 있는 게 아니거든."

산이 아무리 개인 소유라고 해도 마음대로 깔아뭉개고 거기에 공장 같은 것을 올릴 수는 없다.

"농지 관리하는 공무원들이 바보도 아니고 그걸 다 깔아뭉개라고 허락하지는 않아."

오광훈의 말에 다들 얼굴이 굳었다. 그게 의미하는 건 하나뿐이니까.

거기다가 의심스러운 것은 그것만이 아니었다.

"그렇잖아도 거기다 지급된 돈을 역으로 계산해 보니까 나무 숫자가 너무 많더군요."

"많다니요?"

"면적대로라면 그 산에 대해 배상금이 1미터당 나무 한 그루 값이 나온 겁니다."

"그게 이상한 건가요?"

"당연히 이상하지. 나무를 1미터당 한 그루를 심어? 그건 그냥 농사 망치겠다는 거야. 그, 중국에 뭐냐? 몽땅 굶어 죽은 거."

"대약진 운동이요?"

"그래, 그거. 거기서 왜 굶어 죽었는데."

농업이라고는 쥐뿔도 모르는 공학자가 '벼를 다닥다닥 붙여서 심으면 쌀도 많이 나오겠지?'라고 제안하고 중국 정부는 그걸 받아들여서 테스트 한 번 안 해 보고 전 중국에서 실행한 결과, 너무 붙어서 자란 벼에서 제대로 된 수확이 불가능해져서 중국에서 수천만 명이 굶어 죽은 사건.

"사과나무를 1미터 간격으로 심는다고? 그랬다가는 열매가 맺히기는커녕 죄다 말라 죽을걸."

실제로 사과나무를 심을 때 한 그루당 간격은 아무리 조밀하게 잡아도 둑 간 거리는 4미터, 그리고 나무 간 거리는 2미터 정도이고 그나마도 일부 품종에 해당되는 거지, 제대로 하려면 나무 간 거리도 3미터는 잡아야 한다.

"그렇게 하면 300평이면 한 백스물다섯 그루 정도 들어가나?"

계산을 대충 한 오광훈은 그렇게 말했다.

"그런데 300평에 1미터면 삼백 그루인데?"

두 배 이상 들어간다는 소리다. 하지만 그건 절대로 농사지을 줄 아는 사람이 아니다.

"애초에 그걸 계산할 때 그걸 감안하고."

실제로 신도시 같은 걸 위해 과수원을 수용할 때는 나무가 있다고 다 주는 게 아니다. 나무의 숫자, 수령 등등 온갖 계산을 거친 뒤에 수용 여부를 결정한다.

"확실히 사과나무는 수명이 길게는 50년이긴 한데……."

"한데요?"

"보통 4년 차부터 상업성을 가지거든."

"그러면 한 46년은 수익이 나나요?"

"아니, 그렇게 안 길어."

"네? 어째서요?"

"나무도 늙거든."

분명 나무의 수명은 어떻게 계산하느냐에 따라 달라지기는 한다. 하지만 그건 어디까지나 말 그대로 나무의 수명이다. 나무에서 나오는 상업적 가치는 또 다른 이야기다.

"사과나무는 보통 20년이면 잘라 내고 새로 심거나 하지."

왜냐하면 늙으면 열매가 맛이 없어지고 푸석해지기 때문이다.

즉, 상업성이 떨어지기 시작하기에 상업적인 시간은 길어 봐야 16년 정도인 셈.

"설마 그것도 위반한 건가요?"

"맞습니다. 수명을 20년을 잡고 줬더군요."

"말이 안 되는데요?"

"그래서 소환한 겁니다."

이 정도면 원래 가격보다 거의 세 배를 더 준 셈이다.

상식적으로 그렇게 비싸게 줄 이유도 없거니와 그 정도면 누가 봐도 정부를 얹어서 고의적으로 많이 받기 위해 수쓴 거니까.

"하지만 그것만으로는 좀……."

그중 검사 중 일부가 말이 안 된다는 듯 중얼거렸다.

확실히 의심스러운 상황인 건 맞다. 하지만 그것만으로 부패를 저질렀다고 판단하는 건 말이 안 된다.

"물론 그렇죠. 하지만 그 농장 주인이 누군지 알면 더 의심스럽죠."

"누군데요?"

"거두종입니다."

"거두종?"

"그게 누구지?"

"한국에 거씨도 있었어?"

다들 어리둥절한 얼굴이 되었다. 처음 들어 보는 이름이니까.

노형진의 말대로라면 엄청나게 큰 힘을 가진 권력자가 나왔어야 한다. 그런데 정작 처음 들어 보는 이름이 나오니 어리둥절할 수밖에 없었다.

노형진은 그런 그들에게 피식 웃으며 말했다. 그러고는 컴퓨터로 파일 하나를 올렸다.

"거두종. 올해 쉰아홉 살입니다. 주소는 경기도 파주시 원

리동 월리빌라 305호."

노형진은 그렇게 말하면서 로드뷰를 통해 집을 보여 줬다.

그걸 보고 나서야 검사들은 왜 의심스럽다고 하는지 이해가 되었다.

"흠…… 얼마를 받았는지 모르지만 그 부자가 받아서 챙겨서 사는 집이라고 보기에는 좀…… 너무 낙후되었는데요?"

아무리 봐도 30년은 넘어 보이는 전형적인 빨간 벽돌집 스타일의 빌라.

"로드뷰로 보니까 주변 주거 환경도 좋은 것도 아니고."

"그렇군요."

"내가 잘 아는 건 아니지만 여기 그 과수원 정도면 못해도 100억 이상은 받았을 텐데?"

그런데 원래 가격보다 세 배는 더 받았다고 하니 못해도 300억 이상은 받았어야 한다. 그런데 왜 저런 허름한 빌라에서 산단 말인가?

그때 홍보석이 그에 대해 찾아보더니 묘한 목소리로 입을 열었다.

"전과 기록이 있네요. 강간 전과 두 번. 출소한 지가 4년 전이고……. 이게 가능한가요?"

홍보석은 그걸 보고 말도 안 된다는 듯 눈을 찡그렸다.

강간 전과 두 번에 사는 곳이 파주다. 그런데 세종시에 있는 신도시에 과수원을 사서 운영한다?

"일단 형량이 두 개 합해서 10년이에요."

그것도 집행유예도 없는 꽉 채운 10년이다. 그런데 그 기간 동안 저 정도 되는 대형 농장을 살 돈을 번다? 말도 안 된다.

물론 그 후에 투자받거나 원래 집안에 재산이 있었을 수도 있다. 하지만 그래도 말이 안 되는 게 있다.

"강간이면 거주지를 통보해야 하지 않습니까?"

"맞아요. 그리고 출소 후에 15년간 전자 발찌를 착용하도록 되어 있는데요?"

"그런데 세종시에다가 농장을 사요?"

물론 농사라는 게 법적으로 범죄자의 취업을 제한하고 있지는 않다. 자기가 하는 거니까.

문제는 농사, 그것도 과수원 같은 걸 거래하기 위해서는 그와 따른 자료와 자격이 갖춰야 한다는 거다.

"농지는 거래 허가 대상이죠."

설사 그게 아니더라도, 즉 산을 사서 농지로 종류를 바꾼 뒤에 농사를 지으려 한다 해도 그 허가가 쉽게 나오지는 않는다.

"이 땅은 원래 산입니다."

그리고 원래 과수원이 없었다.

그런데 갑자기 주인이 바뀌면서 과수원이 생겼고, 그리고 얼마 안 돼서 수용 결정이 났다. 그리고 수용하면서 수백억을 두둑하게 챙겼다.

"산이었을 때와 비교하면 최소한 배상금이 열 배 이상 올랐다고 봐야지요."

"확실히 말이 안 되네요. 노 변호사님 말씀대로라면 이 거두종이라는 사람은 절대로 세종시에 간 적이 없다는 거군요."

"네, 맞습니다."

전자 발찌가 있는 이상 추적을 피할 수는 없을 거다.

전자발찌를 찬 이상 이동하기 위해서는 사전에 통지하고 승인받아야 한다. 그러지 않으면 일정 장소를 이탈하는 시점부터 바로 추적이 시작된다.

"파주에서 세종시는 말도 안 되는 거리죠."

그렇다고 해서 그가 이동 신고를 한 적은 단 한 번도 없다. 그리고 상식적으로 과수원을 샀다면 자기가 농사를 짓기 위해서라도 그곳으로 거주지를 이전하겠다고 신고했어야 한다. 그런데 그런 신고도 없고 여전히 파주에 살고 있었다.

"차명이라는 건가요?"

"맞습니다."

범죄자에게 이름을 빌려서 차명으로 모든 걸 처리하고 개평 조금 남겨 주고 모조리 회수하는 건 흔하게 쓰는 방법이다.

"확실히 그런 것 같기는 하네. 하기야 이런 놈이 그런 커다란 농장을 운영한다는 게 말이 안 돼."

"더군다나 그런 걸 샀다고 해서 과수원을 할 수 있게 풀어 주는 건 절대 쉬운 일이 아니죠."

산의 일부도 아니고 거의 산을 통째로 풀어 주는 경우는 극도로 드물다.

"그러면 누군가가 그 땅을 차명으로 사서 돈을 빼돌렸다고 봐야겠네."

"맞아. 누군가가 그랬겠지."

그리고 그 과정에서 이번에 자살한 남자는 아주 높은 확률로 연결되어 있을 가능성이 크다.

"단순히 돈을 더 주는 게 아니라 정보를 빼돌렸을 가능성도 크다고 봐야겠지."

"확실히 그러겠지."

상식적으로 그가 완벽하게 투명한 사람이라면 예상 가액의 세 배씩 줄 리가 없다. 그러면서 과수원을 처음 가치판단하는 것도 아니고 애초에 과수원의 상태나 나무의 생육 문제에 대해 모를 수가 없다.

"그리고 그가 소환된 것도 외부에는 비밀일 테고 말입니다."

소환하기는 하지만 그걸 동네방네 홍보하고 다니지는 않는다. 그런데 그런 그가 소환되고 얼마 지나지 않아 자살한다? 그것도 아무 관련 없는 아파트에서?

"말도 안 되기는 하는데."

대충 상황이 이어지기 시작하자 검사들은 다들 심각해졌다.

"그러니까 노 특검님은 일종의 청소라고 보시는 거군요."

"맞습니다. 이게 걸리면 파장이 얼마나 클지 생각해 보세요."

"음……."

"그 과수원만 해도 환수 금액이 수백억일 겁니다. 그런데 다른 곳에서도 그런 장난을 쳤다가 걸려서 부당이득 반환 청구에 걸리면 어떻게 될까요?"

"망하는 건 순식간이군요."

"맞습니다. 아무리 당장은 안 망해도 파워가 엄청나게 약해지는 건 너무나 당연한 일이죠."

현대사회에서 돈은 그 자체로 권력이요, 미래다. 내 주머니에 100억이 있는 것과 1천억이 있는 것은 다르다.

"더군다나 그게 소문나면 다른 쪽으로도 조사가 가능하죠."

"탈세 말이군."

"맞아, 탈세. 그리고 탈세의 경우는 처벌도, 자금도 엄청나게 많이 회수하지."

회수하는 걸로 끝이 아니다. 탈세는 형사처벌 대상이다.

물론 돈을 두둑하게 주고 풀려나는 게 일반적이지만 다른 죄들과 엮인 이상 실형이 나올 가능성이 아주 높다.

"사회적인 지탄을 받을 가능성 역시 높고요."

단순히 돈이 문제가 아니라, 그렇게 되면 사회적 권력도 잃어버릴 가능성이 크다. 돈과 권력은 밀접한 관계를 가지기 때문이다.

그리고 정보를 넘길 때 아무런 권력도 없는 놈들에게 그렇게 쉽게 줄 리도 없고 말이다.

"거기다가 주택공사의 그간의 행동을 보면……."

"아주 오랜 시간 내부 거래를 하겠지요. 어제 자살한 그 사람도 부장급이었습니다."

그런 사람과 손잡고 정보를 빼돌려서 그간 해 처먹었다면 아무리 못해도 해 처먹은 돈이 수백억에서 수천억은 될 거다.

"그간은 그냥 꼬리만 자르고 담당자 몇 명만 교도소에 가고 끝나니까 상관없었지만, 이제는 그렇지 않으니까 극단적 선택도 불사할 수도 있다는 건가?"

"너도 알잖아, 그런 사람들에게 타인의 목숨은 그다지 가치가 없다는 거."

"확실히 그건 그렇지."

일부 주택공사 인물들이 가난한 사람들이 죽든 말든 신경 쓰지 않는 것은 그들이 가난하기에 가치가 없다고, 그리고 자신과 엮일 일도 없다고 생각하기 때문이다.

아파트가 무너져 사람이 죽는다고 해도 그건 자신과 만날 일도, 자신과 관련이 있는 일도 아니다.

그렇다면 부자들은 어떨까?

그들에게 상대적으로 가난한 자신에게 정보를 팔아넘기고 돈푼이나 받아 가는 놈들은 어떨까? 과연 지켜야 하는 친구나 동업자일까? 아니면 죽어도 그만인 도구일까?

"결국 서로 바라보는 시선이 다른 거지."

차이점이 있다면, 주택공사 놈들은 횡령이라는 방식을 통해 살인에 간접적으로 가담하는 거고 살인을 청부한 놈들은 청부라는 과정을 통해 살인에 직접적으로 가담한 정도일 뿐이다.

물론 그건 추적하기 힘들 거다. 아마도 이미 범인은 해외로 도주한 상황일 테니까.

"처분이라……."

그 말에 검찰들은 아무런 말도 못 했다. 어떻게 보면 흔하지도 않고, 또 어떻게 보면 한국에서 흔하게 벌어지는 일이었으니까.

"그러면 이걸 어쩌죠? 처분한다고 언론에 터트리기라도 할까요?"

"글쎄? 그건 힘들지 않겠습니까?"

누가 했는지도 모르고 누가 범인인지도 모른다. 그런 상황에서 의심스럽다고 해 봐야 그저 의심으로 끝날 뿐이다.

"그렇다고 해서 가만둘 수도 없잖아? 자기들이 처분당하고 있다는 걸 그 공사 직원들에게 알 리도 없고. 알려야 하나?"

"그것도 방법이기는 하지. 하지만 그것도 결국은 한계가 있지. 결국 '설마'라는 말을 들을걸."

"응?"

"그렇게 정보를 빼 간 놈이 한둘이 아니잖아? 누가 어떻게 정보를 넘겼는지는 아무도 모르잖아?"

"확실히 그건 그래."

주택공사에서 벌어지는 일을 생각하면 그런 정보를 빼 간 사람은 최소 몇천 명, 최대 몇만 명 이상 될 것이다.

그중 일부는 그걸로 작게 돈을 벌었을 테고, 누군가는 그걸 이용해서 인생을 바꿨을 테며, 누군가는 그걸 이용해서 무지막지하게 돈을 벌었다 정도의 차이가 있을 뿐이지, 그들이 불법적으로 정보를 빼 간 것이 확실한 상황에서 그걸 주택공사의 사람들에게 경고해 줘 봐야 그들은 '설마 내가 정보를 넘긴 사람들이 그렇게까지 하겠어?'라고 생각할 거다.

"더군다나 한두 명이 아니니 누가 그러는지 그놈들이 제보하기도 힘들 테고. 가장 큰 문제는 '그 사람이라면 충분히 사람을 죽일 수 있다.'라고 생각한다고 해도 말이지, 현실적으로 그걸 우리에게 말하겠느냐 이거야."

"무리겠지. 특검은 한계가 명확하니까."

길어 봐야 110일 정도의 수명을 가진, 그 후에는 아무런 힘도 없는 특검에 제보해 봐야 제대로 수사가 끝나기도 전에 해체될 거다.

"당장 이번 사건도 봐 봐. 내가 살인을 의심하고 있지만 이게 진짜 살인 사건이라면? 그건 어느 소관이지?"

"검찰 소관이지, 우리 특검이 아니라."

특검의 권한은 주택공사의 비리까지다. 그것과 관련된 뇌물 수수나 횡령 등은 수사가 가능할지 몰라도 그것과 관련된 살인 사건이나 납치 사건이 발생하면 그건 특검이 아니라 검찰이 나서야 한다.

"그리고 그런 상황이면 아주 높은 확률로 덮이겠지."

권력을 가진 자가 검찰에게 전화해서 '덮어.' 한 마디만 하면 그 모든 사건은 그냥 자살이 될 거다.

"지금 당장도 내가 살인이라고 의심하는 거지, 공식적으로는 자살로 사건이 취급되고 있잖아?"

"확실히 그래요. 언론에서도 그렇게 이야기하고 있으니 우리가 '이건 타살일 가능성이 높습니다.'라고 이야기해 봤자 언론이나 사람들은 수사 부담을 줄이기 위해 거짓말한다고 생각하겠죠."

노형진의 말에 홍보석은 바로 알아듣고는 작게 중얼거렸다. 그리고 그 핵심을 찌르는 말에 모두들 아무런 말도 하지 못한 채로 한참을 침묵을 지켰다.

물론 검찰에서 이 사건을 담당하는 사람에게 언질을 주는 것도 가능하고 그를 압박해서 살인 사건으로 수사하게 하는 것도 가능하다. 하지만 대중을 설득하는 건 또 다른 문제다.

"애매하네. 방법이 없나?"

오광훈은 머리를 긁적거렸다. 자신이 아무리 생각해도 방법이 없어 보였으니까.

"방법이 없는 건 아니야."

"아니라고?"

"어차피 킬러들이나 처분된 사람들을 노려 봤자 답이 안 나오겠지."

죽은 자는 말이 없을 테고, 킬러들은 이미 해외로 튀었거나 설사 아직 튀지 않았더라도 조금이라도 이상한 조짐이 보이면 튀어 버릴 테니까.

"그러니까 직접 체포해야지."

"하지만 어떻게? 그게 가능해?"

"당연하지."

"어떻게요?"

"그, 제가 현장에서 했던 말 기억하세요? 압수 수색할 때 특검 수사관들 일부가 이미 넘어가 있다고 말씀드렸잖아요?"

"아아!"

확실히 그런 게 사실이다. 수사하면서 정보는 계속 새고 있고 실제로 자살자들 중 일부는 소환하지도 않았는데 공식적으로는 자살한 사람들도 있다.

"그들을 건드려야지요."

"그들을 건드려?"

"누구도 믿을 수 없다는 걸 국민에게 알려 준다면."

노형진은 잔인하게 말했다.

"아마도 그들을 직접 노릴 수 있을 겁니다. 물론 그 과정에서 몇 명 더 죽을 수도 있겠지만."

노형진은 아무런 감정 없이 말했다.

"그들은 자기 목숨을 돈으로 바꾼 것뿐입니다."
그리고 노형진이 그를 배려해 줄 이유는 어디에도 없었다.

다음 권으로 이어집니다

송장벌레 신무협 장편소설

귀신같은 창귀槍鬼가 돌아왔다,
때 묻지 않은 어린 시절의 몸으로!

피로 몸을 씻던 전장의 말단 독종
구르고 굴러 지고의 경지까지 올랐으나……

혈교의 혈겁을 막기 위한 회귀인가
의형제의 복수를 위한 회귀인가
알 수 없다
전생에서 그를 막던 모든 것을 치울 뿐

"내 의형의 가슴팍을 칼로 도려내기도 했고?"
"무, 무슨 소리야…… 그런 적 없어!"
"그런 적 있어. 기억은 안 나겠지만."

매 걸음마다 피도 눈물도 없는 전투
세상 모든 것이 그를 꺾으려 든다!

공정거래위원회

현우 현대 판타지 장편소설

중소기업 후려치던 인간 탈곡기 공정거래위원회 팀장이 되다!

인간을 로봇 다루듯 쥐어짜며
갑질로 무장한 채 한명그룹에 충성을 바쳤지만
토사구팽에 교통사고까지 난 성균
깨어나 보니 다른 사람의 몸이다?

새로운 몸으로 눈을 뜨고 나자
비로소 갑질당한 그들의 눈물이 보이는데……
이번 생엔 그 죄를 참회할 수 있을까?

죽음의 문턱에서 얻은 두 번째 삶! 대기업의 그깟 꼼수, 내 눈엔 다 보여!

꿈의 도약, 로크에서 하십시오
(주)로크미디어에서 신인 작가를 모십니다

즐거운 세상, 로크미디어는 꿈을 사랑하고 도전을 두려워하지 않는 작가 분들의 참신한 작품을 기다리고 있습니다. 21세기 장르 문학계를 이끌어 갈 차세대 선두 주자 (주)로크미디어에서 여러분의 나래를 활짝 펴 보시길 바랍니다.

모집 분야 판타지와 무협을 포함한 장르 문학
모집 대상 아마추어 작가, 인터넷 작가
모집 기한 수시 모집
작품 접수 시 유의 사항
    1. 파일명은 작가명_작품명.hwp형식을 갖춰 주십시오.
    1. 파일에 들어갈 내용은 다음과 같습니다.
        — 성명(필명인 경우 실명을 밝혀 주세요), 연락처, 이메일 주소
        — 제목, 기획 의도
        — A4용지 1장 분량의 등장인물 소개
        — A4용지 2장 분량의 전체 줄거리
        — 본문
    1. 작품이 인터넷에 연재되고 있다면, 게시판명과 사이트의 구체적이고 정확한 주소를 기재해 주십시오.

선택된 작품은 정식 계약 후 출판물로 간행되어 전국 서점에 유통됩니다.
작가 분은 (주)로크미디어의 전폭적인 지원하에 전속 작가로 활동하시게 됩니다.
※ 자세한 내용은 로크미디어 홈페이지(rokmedia.com)를 참조하세요.

(04167)서울시 마포구 마포대로 45 일진빌딩 6층
(주)로크미디어 편집부 신간 기획 담당자 앞
전화 : 02) 3273-5135
www.rokmedia.com   이메일 : rokmedia@empas.com